KB207210

웅크리는 것들은 다 귀여워

# 웅크리는 것들은 다 귀여워

1판 1쇄 발행일 2025년 5월 15일

지은이 이덕화

펴낸곳 (주)도서출판 북멘토  펴낸이 김태완

부대표 이은아  편집 김경란, 조정우  디자인 키꼬, 안상준  마케팅 강보람  경영기획 이재희

출판등록 제6-800호(2006. 6. 13.)

주소 03990 서울시 마포구 월드컵북로 6길 69(연남동 567-11) IK빌딩 3층

전화 02-332-4885  팩스 02-6021-4885

🖥 bookmentorbooks.co.kr      ✉ bookmentorbooks@hanmail.net

📷 bookmentorbooks__      ⓑ blog.naver.com/bookmentorbook

ISBN 978-89-6319-641-1  03810

웅크림의 시간을 건너며 알게 된
행복의 비밀

# 웅크리는 것들은 다 귀여워

이덕화 그림에세이

북멘토

# 차례

가을,
물들다

프롤로그

프리랜서 그림책 작가로 일하면서 드는 불안감 그리고 연인과의 이별의 슬픔이 나를 가득 채우고 있던 작년 봄, 밭을 만났어요. 앙상한 나무의 가지들, 푸석푸석하게 마른 풀들, 길가의 흙과 엉겨 붙어 땅처럼 굳어 버린 눈. 아직 차가운 겨울 공기가 자리를 차지하고 있던 아주 이른 봄이었지요.

멀리서 보았을 때는 그냥 메마른 나뭇가지로만 보였는데 가까이서 보니 거칠고 딱딱해 보이는 표면을 뚫고 망울이 여기저기 터져 나오고 있었어요. '참을 만큼 참았어.'라고 말하듯이.

밭이 내게 알려 주었어요.

"살아 있는 것들은 다 웅크려. 하지만 웅크린 채로 끝나지 않아. 웅크리는 것들은 에너지를 응축해 다음을 살아 낼 준비를 하는 거야."

삶에서 혹독한 추위를 만나 겉으로 보면 죽은 것처럼 보이지만 결코 죽은 것이 아닌 '웅크린 것들'.

그들만큼 '생'에 대해 생생하게 말하고 있는 것이 또 있을까요? 그 모습들은 얼마나 뭉클하고 사랑스러운지요.

키 작은
백목련

노부부가
가꾸는 밭

우리 집

비밀의 화원으로
통하는 굴다리

지하도

겨울,
웅크리다

# 이제, 안녕

타다다다

두리번

두리번

스윽

신간

타다다다

웅크리는 것들은 다 귀여워

웅크리는 것들은 다 귀여워

웅크리는 것들은 다 귀여워

1년도 넘게 지났는데….

어제까지도 잘 잊어 가고 있다고 생각했는데….

가끔 무의식은 꿈이라는 탈을 쓰고서, 창호지와 나무로 된

가벼운 문을 박차고 느닷없이 튀어나온다.

가슴에서 하얀 종이배를 꺼내어 물에 동동 띄워 보낸다.

지금은 선명하게 모습이 살아 있지만,

언젠가는 물에 스미어서 사라질 수 있을 거야.

# 난파

작가로 살아가는 데 있어서 가장 힘든 점은

수입원이 불규칙하다는 것.

카드값이 그새 이렇게나! 인세가 나오려면 아직 두 달이나 더 있어야 하는데….

100세의 나

80세의 나

평균 수명 100세 시대를 살아가려면 60세까지 3인분의 일을 해야 한다.

그래서 주식으로 노후 대비를 하려고 했던 것인데….

웅크리는 것들은 다 귀여워

표류가 시작되었다.

웅크리는 것들은 다 귀여워

# 다시 또, 작은 터널

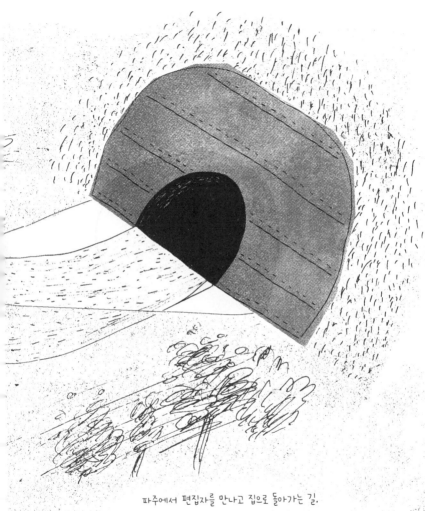

파주에서 편집자를 만나고 집으로 돌아가는 길.

낯이 익은 작은 터널이 시야로 들어왔다.

10년 전 내 첫 그림책을 계약하고 돌아오는 길에도

저 작은 터널을 지났었는데….

그동안 무엇이 변했나. 돌고 돌고 돌아 다시, 작은 터널.

# 꿈 상영관

작년 겨울, 나는 사랑하는 사람과 헤어졌고 투자한 주식은 바닥을 쳤으며

작가로서의 진전은 아득히 멀어 보이는 나날을 보내고 있었다.

몇 달 동안 꿈쩍하지 않던
몸무게가 일주일 사이에
5kg이나 빠졌네.

괜찮다고 생각했는데
몸이 극도의 스트레스를
받고 있었나 보다.

챔피언~    챔피언~

그날 밤, 꿈속에서
싸이의 〈챔피언〉이라는 노래에 맞춰
춤을 추고 있었다.

꿀렁 꿀렁

사람들이 일제히 방향을 바꾸는 순간,

아차!
나만 틀렸다.

웅크리는 것들은 다 귀여워

함박웃음을 지으며 꿈에서 깼다.

그렇게 웃긴 상황도 아닌데 꿈에서는 어찌나 웃기던지.

가끔 그럴 때가 있다.

심리적으로 스트레스가 심할 때 웃긴 꿈을 꾸거나(오늘처럼),

몸이 안 좋을 때 아주 맛있는 것을 먹는 꿈을 꾸거나,

수면량이 모자랄 때 미남과 사랑에 빠지는

달콤한 꿈을 꾸거나….

생명 시스템이 현실을 극복해서 살아가라고

꿈이라는 극장에서 에너지의 밸런스를 맞춰 주는

영화를 상영하는 것이다.

인체는 어찌나 신비롭고 놀라운지!

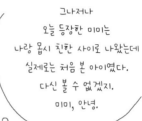

그나저나
오늘 등장한 미미는
나랑 몹시 친한 사이로 나왔는데
실제로는 처음 본 아이였다.
다신 볼 수 없겠지.
미미, 안녕.

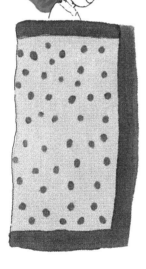

# 웅크린 하루

계속 나를 안아 주고 쓰다듬어 주며 걸었다.

웅크리는 것들은 다 귀여워

집에 돌아와 코코넛 워터를 먹고 이내 잠들었다.

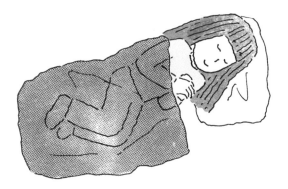

# 돈 워리, 비 해피

온종일 비가 내렸다. 날씨 탓인가. 노후에 대한 걱정, 연인과 이별 후의 슬픔 등 무거운 감정들이 한꺼번에 밀려들었다. 평상시에 친언니와 시시콜콜한 얘기를 나누지 않지만, 오늘은 누구와도 얘기하며 기분을 저 밑바닥으로부터 끌어올리고 싶다는 생각이 들어 언니에게 문자를 보냈다.

"언니야 나는 어떻게 살아가야 할까? 이뤄 놓은 경제적 기반이 없어. 마치 지각생이 된 듯한 기분이야."

띵!

언니에게 문자가 왔다.

"건강 검진 자주 받고 이 잘 닦아."

어떻게 살아가야 할지 구체적인 조언을 구한 것인데 이를 잘

닦으라니. 성의 없는 답에 서운해하고 있는데 언니에게 전화가
왔다.

"괜찮아. 너는 적어도 건사해야 하는 아이는 없잖아. 아이들
키우느라 빈털터리인 사람들 많아. 다들 그렇게도 잘 살아. 네
가 위를 바라보고 살아서 그래. 이 잘 닦고, 치과 치료 정기적
으로 받고, 1년에 한 번씩 건강 검진 받아. 국가에서 주는 혜택
도 꼬박꼬박 챙겨 받고 운동 열심히 해. 건강한 것이 돈을 굳
히는 거야. 그런 걱정들로 인생을 낭비하지 마. 네가 건강해 봐
야 앞으로 40년 살아. 올해가 다 갔으니 1년이 벌써 줄었어. 내
년도 금방 가겠지. 이제 38년 남았다. 돈 낭비보다 더한 낭비가
그런 걱정들로 시간을 허비하는 거야. 지금 행복해야 해. 있는
힘을 다해 재미있게 하루를 살아."

"언니야, 난 혼자 있는 것보다 둘이 있을 때가 더 행복해. 그
런데 내 나이가 되면 이성을 만나는 게 힘들 뿐더러 서로 적극
적이지도 않아. 어떤 마음을 가지고 상대방을 바라봐야 할까?"

"상대에게 의존하지 말고, 사랑받으려 하지 마. 그 사람에게
서 사랑을 채우려 하면 그 사람은 기가 빨리는 느낌을 받을 거
야. 그 사람이 있든지 없든지 상관없이 너 혼자서도 행복해야
해. 독립된 사람으로 서 있어야 해. 그 사람을 통해 행복하려고
하면 관계의 결과가 좋지 않게 되었을 때, 그 사람을 만나서 네

가 불행해진 게 돼 버려."

　가끔 아무것도 보이지 않는 어두운 긴 터널 속을 혼자 걷는 기분이 들 때가 있다. 그럴 때면 인생을 앞서 걸어간 지혜로운 노인이 나타나 제발 나에게 도움의 손길을 좀 내밀어 주면 좋겠다고 간절히 바라곤 한다. 오늘은 평소 연락 없이 각자도생으로 살고 있는 언니에게 그 지혜를 얻어 평안한 마음을 되찾았다.

　우선 내일부터 운동이라도 다시 시작해야겠다.

# 스티치

머칠 전 SNS로 초대장이 날아왔다.

배○○ 작가입니다.
몇몇 그림책 작가들이 모여, 수다 드로잉 모임을 한 달에 한
번 가져 보려고 합니다.
이번 모임은 5월 29일 합정 앤트러○○ 카페에서 합니다.
시간 되신다면 함께 이야기 나누어요.

배 작가는 SNS에서 '좋아요'로만 인사를 나눈 사이인데 모임
에 날 불러 준 것이다. 감사의 답장을 보내고 몇 주 후 모임 장
소로 나갔다.

널따란 카페의 중간에 놓인 긴 테이블에 여섯 명의 작가가 쭉 둘러앉았다. 배 작가만 빼고 알지 못하는 작가들이었다. 돌아가면서 자기소개와 함께 최근 관심사에 관해 이야기했는데 그것만으로 두 시간이 후딱 지나갔다.

어떤 분은 방송 댄스에 빠져 있고 최근에는 리소 프린트 작업에도 흥미를 갖게 되었다고 했다. 또 다른 분은 체력을 기르기 위해 요가를 조금 배우다가 아예 요가 자격증을 따 버렸고 요즘은 정리법에도 관심이 간다고 했다. 지역과 작가가 연계로 하는 활동을 즐기고 있다는 분도 있었다. 나는 텃밭이 주는 즐거움에 관해 이야기했다. 관심사는 달랐지만, 창작 작업을 하느라 소진된 에너지를 전혀 다른 취미 활동으로 채우고 있다는 점에서 공통적이었다.

우리는 좋아하는 것에 관해 이야기할 때는 까르르 깔깔거리다가도 판매 지수에 관한 얘기를 나눌 때는 시무룩해졌다. 이야기를 나눌수록 '나랑 똑같네? 나도. 나도 그러한데.' 하며 집중하여 듣게 되었다.

장소를 이동하며 어떤 작가와 단둘이 걸어가면서는 조심스레 선인세에 관한 이야기도 나누었다. 요즘 작가들이 받는 평균 인세가 10여 년 전보다 100~200만 원가량 낮다는 것을 알게 되었다. 그 작가는 아르바이트를 병행하면서 작업과 생계를 이어 가고 있다고 했다. 몇 년 전 나도 그랬다. '이 길을 계속 걷는 것이 맞는가?' 하는 질문과 회의가 숨 쉬는 순간마다 차오르던 때가 있었다.

'작가들 사는 게 다 똑같구나'

식사를 하고 다음번 약속을 잡으며 당일 모임을 파하였다.

"각자 모임의 이름에 대해 생각해 보시고 다음에 만날 때 얘기 나눠 봐요."

집으로 돌아오는 길, 모임에서 나눴던 이야기들을 떠올리며 모임 이름에 대해 생각했다. 그때, '스티치!'라는 단어가 떠올랐다.

스티치의 사전적 의미는 천 따위에 바늘로 뜬 한 땀, 또는 그렇게 수놓는 방법이라고 한다. 스티치는 바느질의 가장 기본 기법으로, 밖으로 한 땀 안으로 한 땀이 반복적으로 이어진다. 모임의 이름으로 딱 맞다! 밖으로 보이는 바늘땀 사이에 보이지 않는 바늘땀이 존재한다. 책이 나올 때는 밖으로 보이는 활동을 하다가 다시 사람들 눈에 보이지 않는 곳으로 들어가 혼자만의 시간을 보내며 다음을 위해 내적 활동 또는 작업하는 것이 작가들의 삶과 똑 닮았다.

안에서 웅크림의 시간을 갖다가 밖으로 나와 전진하고 또 안으로 들어가 웅크림의 시간을 갖다가 밖으로 나와 전진하기를 반복한다. 그래서 그런지 스티치는 발자국과도 닮은 것 같다.
느린 시간을 품고 있는 바느질의 한 땀 한 땀을 보고 있노라면
마음이 놓이고 안정을 찾게 된다.

그것은 다정하며 귀엽다!

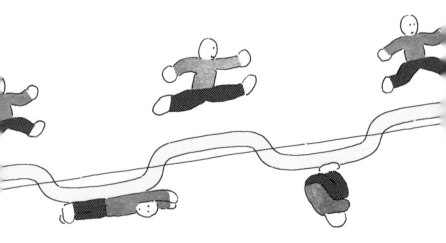

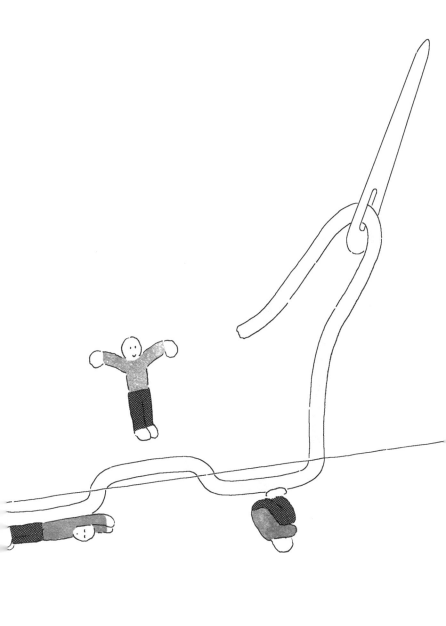

# 웅크리다

'꽃'이란 글자는 꽃이 활짝 핀 모양과 닮았다. '똥'이란 글자는 똥 위에 똥이 놓인 모양과 닮았다. 마찬가지로 '웅크리다'의 '웅'은 곰이 몸을 웅크리고 있는 모양과 비슷하다.

살아 있는 모든 것들은 웅크린다. 생존을 위해, 발현을 위해, 도약을 위해 각자의 웅크림의 시간을 가진다.

식물은 씨앗 때부터 웅크리고 있다가 흙과 물을 만나면 싹을 틔우고, 성장하며, 생명력을 한껏 뽐낸다. 그러다 일정한 때가 오면 다시 다음 철을 위해 몸을 웅크린다. 추위에 약한 이

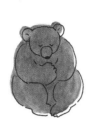

파리에서부터 에너지를 거두어 안으로 에너지를 모은다. 그렇게 감당해 내야 할 시간을 거친 후 다시 각자의 철이 돌아오면 뿜어져 나오는 생명력을 더는 참을 수 없다는 듯 터트린다.

　곰 같은 동물도 마찬가지다. 추운 겨울을 나기 위해 몸을 웅크려 모든 활동을 최소화하고 오직 숨만 쉬며 버틴다.

　사람도 그렇다. 고난이 오면 내면 깊이 에너지를 수렴하며 웅크린다.

웅크리는 것과 움츠리는 것의 차이는 뭘까? 사전적 의미는 비슷하지만, 어감상의 차이는 있다. '움츠리다'의 '움'은 사람이 외투를 감싸며 몸을 작게 움츠린 모양과 닮았다. '웅크리다'가 다음을 위한 적극적인 느낌이라면 '움츠리다'는 외부 환경에 의해 위축되는 소극적인 느낌이 있다.

웅크렸다 다시 발산하는 것들은 쉽게 움츠러들지 않는다. 살아 있는 모든 것은 웅크림의 시간을 가진다.


웅크린 것들은 모두 조용하다.

웅크린 것들은 모난 것이 없이 둥그렇다.

웅크린 것들은 성장하며 깊어진다.

웅크린 것들은 자연스럽다.

웅크린 것들은 뭉클하다.

웅크린 것들은 사랑스럽다!

함께 걷는
계절

# 달고의 보호

매일 새벽

내가 화장실에 가려고 일어나면 달고는 따라 나와

웅크리는 것들은 다 귀여워

화장실 문 앞을 지킨다.

졸음에 겨워

눈이 반쯤 감긴 채.

부비부비

달고 녀석,
내가 화장실에
빠져 죽기라도
할까 봐 걱정이
되는 걸까?

매일 이 순순한 수고양이의 보호를 받으며

화장실을 다녀온다.

타다다다다

# 송이의 반점

옆으로 돌아누워 송이를 품에 안으니, 몰캉하고 부드럽다.

"아주 그냥 전기장판에 잘 데워져서 따끈따끈하네."

강아지 송이의 애칭은 송이송이. 풀네임은 나의 성을 따서 '이송이'다.

나는 누군가의 엄마가 되는 것이 부담스러워서 처음부터 송이와의 관계를 언니와 동생으로 정했다.

동거인으로서 밥 주고, 응가 치워 주고, 병원 데려가고 하는 역할만을 해 왔다. 그림 작업을 할 때는 모든 생활이 뒷전이되어 버리는 나이기에 송이에 관한 일들도 뒤로 미루기 일쑤였다.

얼마 전에도 마감을 앞두고 있어 송이의 이발과 목욕과 산책을 미루고 있었는데 송이가 그날 따라 유독 꼬질꼬질해 보였다. 귀까지 처져서 기가 죽어 보이는 것이 눈길이 갈 때마다 내 마음이 심란해졌다. 도저히 안 되겠다 싶어 그 자리에서 송이의 털을 대강이나마 깎아 주었다. 이발하면서 보니 송이에 몸에 그동안 없었던 검은 반점이 생겨 있었다. 노화 현상이다.

'벌써 검은 반점이 생기다니…….'

마음이 덜컥 내려앉았다. 송이의 나이를 세어 보니 벌써 여섯 살이다. 그동안 자주 산책시켜 주지 못한 것이 미안해졌다. 송이를 목욕시킨 후 산책하려고 나가는데, 너무 행복해하는 송이의 얼굴을 보아 버렸다.

동물들의 표정이 읽히는 것은 참 신기한 일이다. 눈썹이 있는 것도 아니고 털로 얼굴 근육이 감춰져 있는데 표정이 보인다. 송이가 분명 웃고 있었다.

'사랑하는 대상이 행복해하는 모습을 보는 것은 곧 나의 행복일 수 있구나.'

요즘은 바빠도 송이 산책은 시켜 주려고 노력한다. 함께 시간을 더 보내서일까? 귀여웠던 송이가 더 귀엽고 사랑스럽게 느껴진다. 그러면서 나는 또 하나를 깨닫는다.

'시간을 들이고 정성을 들이는 만큼 사랑하게 되는 거구나.'

이불 속에 송이와 나란히 누워 송이에게 팔베개를 해 준다. 배를 하늘로 향한 채 누워 코를 골며 자는 송이는 정말 사람 같다. 이틀째 송이의 코 고는 소리에 이상한 꿈들을 꿨는데 오늘은 안 그랬으면 좋겠다고 생각하며 잠으로 빠져든다.

# 송이 이발하기

가을을 맞이하여 송이의 털을 깎아 주었다.

기다란 몸의 끝에 말려 올라간 꼬리,

엉덩이에서 다리로 떨어지는 라인,

나는 이 부위를 볼 때면 조물주를 생각하지 않을 수 없다.

살랑살랑
끄덕끄덕

신기한 것을 또 한 가지 발견한다.

조물주는 인간에게 자신이 만들어 놓은 것을

알아보고 즐거워할 수 있는

심미안을 탑재해 놓았다는 것.

지금처럼 말이다!

# 새의 배웅

오랜만에 만난 친구 '새'와 작별 인사를 하고 돌아서는 길.

몇 걸음 걸어가다 뒤돌아보니
새가 웃으며 그 자리에 서서
손을 흔들고 있었다.

웅크리는 것들은 다 귀여워

몇 걸음 가다 뒤돌아보고,

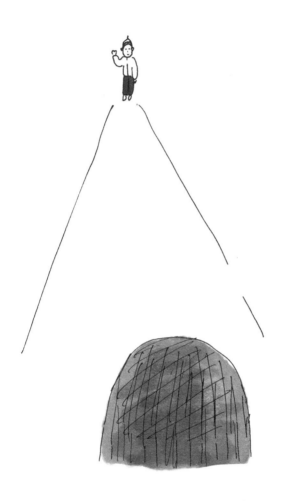

또 한참을 가다가 돌아보아도 새는 그 자리에 있었다.

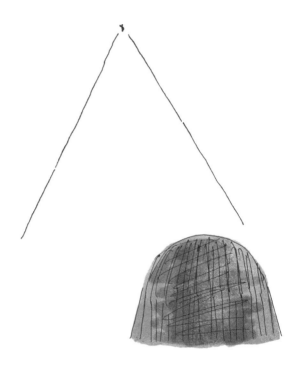

점처럼 멀어진 새를 뒤로하고 길모퉁이를 도는 순간까지도,

새가 그곳에 서 있다는 것을 느낄 수 있었다.

피식.

못 말려. 잘 살다가 또 보세, 친구.

# 태풍이 지나가는 자리

하얀 도자기 그릇 안에 담긴 선홍색 피가 흥건한 솜들을 보자 심장이 쿵 내려앉았다.

"피가 아까보다 더 나는 거 같아."

엄마는 피가 젖은 솜을 입에 가득 물고 힘겹게 말했다. 괜찮을 거라는 의사 말만 들을 게 아니라 엄마의 나이를 고려해서 발치의 개수를 나눠서 수술했어야 했다. 한없이 나의 판단력을 탓하며 병원에 전화했다.

"고남순 환자의 보호자인데요. 발치한 지 네 시간이 지났는데 아직도 피가 나고 있어서요."

"입안 사진을 찍어 보내 주세요."

사진을 찍으려고 엄마의 입안에 든 솜을 빼자마자 피가 올라와 솜이 나간 자리를 바로 채운다. 사진을 본 병원 담당자는 지금 당장 병원으로 와서 처치를 받아야 한다고 했다.

　마음이 또 덜컹하여 부리나케 엄마를 데리고 나갔다. 태풍 카눈이 지나간다는데 아침까지만 해도 우리 동네는 여느 비 내리는 날과 다르지 않아서 예약해 둔 엄마의 치과 치료를 강행한 것인데 이 사달이 난 것이다. 오전과는 다르게 거센 비가 지면을 향해 내리꽂고 있었고 휘몰아치는 바람 때문에 앞을 제대로 볼 수 없었다. 1층 주차장에서 휴대 전화기의 앱을 켜 택시를 부르려 했지만 잡히는 택시가 없었다. 다행히 집 앞으로 다니는 버스가 제때 와 주었다. 나는 우산 밖으로 엄마의 몸이 나갈세라 한쪽 팔로 감싸 안고 버스를 향해 뛰었다. 그러면서 집 앞에서부터 버스 정류장, 그리고 하차할 정류장에서 병원까지의 거리가 가까운 것에 감사해했다. 비 때문에 도로는 많이 막혔지만 그래도 무사히 병원에 도착했다.

　"피가 그새 많이 멈추었네요. 너무 걱정하지 않으셔도 됩니다. 지혈제를 묻힌 솜을 넣어 드릴게요. 두 시간 동안 물고 계세요."

　그제야 안도의 한숨을 내쉬었다. 항상 사고는 생각지도 못한 순간에 덮쳐서 사람의 손발을 묶어 무릎 꿇게 하지 않던가.

　집으로 돌아와 두 시간 후 지혈이 제대로 되어 엄마는 입안의 솜을 빼고 죽을 먹을 수 있는 정도가 되었다. 방문을 열어 빼꼼히 들여다봤다. 쌔근쌔근 잠을 자는 엄마에게 다가가 부드럽게 머리를 쓰다듬어 주었다.

"우리 엄마……."

그새 하루가 저물었다. 엄마는 원기를 회복해 할 말을 척은 쪽지를 내게 건넨다.

"주민센터 직원 중에 노총각 있더라."

나는 숨이 턱 막혀 오면서 아까의 다정함은 온데간데없이 사라지고 만다.

심신이 바짝 긴장한 채 엄마와 병원을 동행하느라 진이 빠져 버린 나와는 다르게 엄마는 이제부터 시작이다는 듯 쪽지를 또 내민다.

"사 놓은 동치미 육수, 제조 일자 없고 유통 기한만 있다.(방부제 따위의 성분이 듬뿍일 테니 먹지 말라는 뜻이다.)"

"엄마는 엄마의 인생을 살아요. 난 나의 인생을 살 테니." 하고 모진 말을 하고 만다. 이렇게 강하게 하지 않으면 계속할 거라는 것을 아니까. 엄마에게 연민을 느껴 다정했다가도 엄마가 선을 넘어 나의 영역을 침범할 때면 불편함이 이렇게 드러나고 만다.

수십 년의 인생을 살아왔는데 나는 아직도 엄마가 어렵다. 엄마는 나의 바닥을 아주 쉽게 들춰 내는 사람이다. 바람을 안고 뒹구는 낙엽처럼 나는 이중성을 껴안고 태풍이 지나가는 자리를 건너고 있다. 내일도 태풍의 영향권 안에 있다는데 걱정이다.

# 사과 남순

녹색과 흰색의 체크무늬가 그려진 빨간 스웨터를 입은 우리 엄마 고남순. 엄마는 어쩐지 사과를 닮았다. 빨간 스웨터를 입어서 그런 것도 있지만, 그 자체에서 사과가 연상되는 사람이다. 동그란 몸매, 불그스레한 얼굴, 사과의 표면같이 까칠까칠한 손. 그래서 나는 엄마의 메일 아이디를 apple_soon(사과순)이라 지어 주었다.

엄마와 수년을 떨어져 지내다가 다시 함께 살게 되면서 다투는 일이 잦아졌다. 이유를 생각해 보면 서로의 인생에 간섭하기 때문이다. 지금은 조금이나마 관계가 나아졌는데 법륜 스님의 말씀을 듣고 난 후부터이다.

"모든 사람은 자유로울 권리가 있습니다. 범죄 행위, 남을 추행하고 괴롭히는 경우가 아니면 상대방 일에 간섭하지 말아야 합니다."

스님은 덧붙여 말씀하셨다.

"우리를 키울 때의 부모님은 우리처럼 어렸을 거예요. 그럼에도 힘든 가운데 버리지 않고 키워 주지 않았잖습니까? 아침마다 감사의 기도를 하십시오."

나는 이제는 잘하려고 하지도 않고 못하지도 않으려고 한다. 잘하려고 하는 순간 작용 반작용의 법칙처럼 상황은 오히려 팅겨 나가 버릴 테니. 간섭의 말이 나오려 하거나 간섭하는 말을 들으면 입을 닫는다. 엄마가 택배 박스 스티로폼을 잘라서 욕실 슬리퍼에 붙여 실내화로 사용하는 등의 신박한 아이템을 내놓아도 "엄마 제발 좀! 우리 평범하게 좀 살면 안 될까?" 올라오는 말을 삼키고 내 할 일을 할 수 있게 되었다.

얼마 전 내가 좋아하는 동네 편의점 사장님과 얘기를 하면서 엄마에 관한 얘기를 나누었다.

"우리 엄마는 엄청나게 똑똑하세요. 그런데 좀 많이 독특하세요."

그러자 사장님이 말했다.

"자기야, 엄마의 그 독특한 점을 물려받아서 자기가 그렇게 창작하는 일을 하는 거야."

순간 뭔가에 얻어맞은 듯했다. 엄마의 독특함을 항상 부정적인 것으로만 여겨 왔는데 나의 장기가 엄마의 그 독특함에서 온 것이고 그 덕에 내가 먹고살고 있다니.

얼마 전 엄마와 오랜만에 얼굴을 마주 보며 대화를 나누는데 그새 또 나이가 드신 것을 느낄 수 있었다. 송이의 검은 반점을 발견했을 때처럼 마음이 쿵 내려앉았다. 늦기 전에 잘하자는 마음이 들자, 다시 주문처럼 외웠다.

'잘하려고 하지 말자, 못하지만 말자.'

봄,
굴다리저너머로

# 아빠의 정원

"엄마! 와서 상추 새싹 난 것 좀 보세요."

나는 빨리 보여 주고 싶어 죽겠는데 엄마는 태평한 걸음으로 베란다로 나온다.

"어제저녁까지 분명 아무것도 없었는데 아침에 보니까 이렇게 새싹이 돋아 있네. 씨 심은 지 이제 나흘째인데 신기하죠?"

"이건 무슨 싹이냐?"

"이건 상추고, 저건 짭짤이 토마토 모종 심은 거고, 또 저건 갓. 그리고 저기 저건……."

"저건 빈 화분이냐?"

"아니. 맨드라미 씨를 심어 놨는데 아직 싹이 안 난 거야. 그리고 이건 샐비어, 저건 채송화. 어제 씨 뿌렸으니까 3일 있으면 싹이 나올 거야."

"부추나 뜯어 먹게 부추 좀 심어라."

"부추? 그래요. 알았어."

엄마와 나는 50×200㎝의 작은 베란다에 앉아 오랜만에 살가운 대화를 나누며 웃음꽃을 피운다.

내 고향, 광주 집은 130평으로 앞뜰에는 마당과 작은 화단이 있고 뒤뜰에는 밭이 있었다. 아빠는 정원 가꾸기를 좋아해서 집에는 없는 식물이 없었다. 앵두, 자두, 배, 사과, 무화과, 감, 뽕, 살구……. 계절마다 꽃들이 이어달리기하듯 제 생명을 피워 냈다.

봄에는 아치형 넝쿨에 빨간 장미, 하늘을 가린 채 넓게 펼쳐진 등나무에는 연보라색 꽃이 주렁주렁 달렸다. 가을에는 가지 각색의 국화들이 향연을 벌였다. 봄부터 가을까지 꽃향기가 진동했고 그 가운데를 꿀벌들이 부우웅 바쁘게 날아다녔다.

'나는 이렇게 자연이 가득한 집에서 유복한 유년 시절을 보냈다.'라고 말하면 좋겠지만 안타깝게도 그렇지 않다. 그 아름다움을 배경으로 매일 엄마 아빠의 전쟁이 펼쳐졌으니까. 전쟁이라는 단어를 쓴 것은 미화된 표현이다. 요즘 시대에 사람들이 상상할 수 있는 전쟁의 이미지는 피상적이고, 쌍방으로 이루어진 다툼으로 받아들여져 느낌이 순화되기 때문이다. 그렇게 표현하는 것이 아픈 기억을 후벼 파지 않으면서 그 시절을 덤덤하게 흘리듯 말할 수 있어 좋다.

지금은 아빠를 조금이나마 이해한다. 나를 위해서 이해해 보려고 한다. 아빠도 많이 힘들었을 거야.

삼십 대 중반이 되어서는 그동안 스스로 받아들이지 않았던, 나에게 있는 아빠의 어떠한 부분들도 인정하게 되었다. 그것은 있는 그대로의 나를 나로 받아들인다는 의미다. 언니와 나는 가끔 얘기한다.

"우리는 부모님을 닮았지만 업그레이드된 버전이야."

걸어가야 할 인생이 많이 남았기에 부정적인 과거에 얽매이면 나만 손해니까. 부모님 세대보다 한발 나아간 삶을 살아 보려 하는 것이다. 구겨진 마음을 그렇게라도 말하면서 펴 보는 것이다. 아빠가 자신의 연약함 속에서도 우리에게 주려고 했던 것, '아빠의 정원'에 대한 좋은 기억을 큰 유산으로 여기며 감사하는 마음을 가지려고 한다.

아빠가 돌아가시고 몇 년 후 광주 집은 팔렸다.

엄마와 나는 바람에 실려 새로운 땅에 떨어진 씨앗처럼 3년 전부터 고양시에 새 터를 잡아 살고 있다. 모종을 사서 흙에 옮겨 심으며 생각한다.

'나, 참 아빠를 많이 닮았어.'

딱히 아름다울 것도 없지만 아프거나 슬플 일도 없는 이곳에서 나는 이제 '나의 정원'을 만들어 가꾼다. 오늘은 네 개에 1,000원 하는 부추 모종을 사다가 한편에 엄마의 공간도 만들었다.

햇살과 바람과 흙.

이 아침, 껍질을 깨고 나온 새싹이 햇빛을 향해 고개를 내민다.

# 진달래 국수

작업에 치이다 보면 끼니를 대강 때울 때가 많다. 오늘도 저녁 식사로 라면을 끓였다.

'언제쯤 마음의 여유를 가지고 식사를 차릴까?'

그릇에 옮겨 담지도 않고 대충 냄비째 놓고 먹는데 TV에 자연인으로 사는 60대 아저씨가 나왔다. 직접 채집한 꿀, 손수 담근 감식초와 고추장, 농사지어 짠 참기름을 넣어 국수를 만들고 있었다. 다 만들고 이제 먹나 싶더니, 아저씨가 어딘가로 급하게 뛰어간다. 잠시 후 돌아온 한 손에 진달래꽃 몇 송이가 들려 있다. 투박하고 거친 손으로 진달래꽃을 국수 위에 살포시 얹는다. 국수 위에 꽃이 핀다.

라면을 들어 올리는 내 젓가락질이 멋쩍다.

'여유와 낭만은 부를 이룬 후에야 경험할 수 있는 것이 아니라, 지금 내가 서 있는 곳에 놓인 사소한 것들의 케미스트리를 알아보는 순간 실현되는 것이 아닐까?'

　라면의 마지막 한 젓가락을 마저 들어 올려 후루룩 삼킨다.

# 바다는 조금 멀어도 꽃나무 사이에

아침에 베란다 텃밭에서 상추를 수확하다가 아주 신박한 아이디어가 떠올랐다. 사실 텃밭을 시작할 때만 하더라도 수확에 대한 기대를 전혀 하지 않았는데 모종 몇 개를 추가로 심은 후 기대 이상의 채소들을 얻고 나니 생각이 달라졌다. 요즘 다이어트를 하느라 먹는 것은 상추, 토마토, 달걀, 과일로 한정적인데 나름 그것만으로도 맛있어서 몇 년을 먹어도 안 질릴 것 같다. 그런 점을 고려해 볼 때 음식 재료만큼은 자급자족이 가능할 듯하다.

자급자족은 '필요한 물자를 스스로 생산하여 충당한다'는 말로 원시 농경 시대가 제일 먼저 떠오르지만 생각해 보면 SNS 등으로 쉽게 정보를 공유할 수 있는 지금 이 시대야말로 자급자족하기에 안성맞춤이다. 자급자족에 대한 아이디어는 이렇다 할 노후 대비를 해 놓지 못한 채 앞으로도 프리랜서 작가로 살아가야 하는 내게 경제적 돌파구가 돼 줄 수 있을 것 같기도 하고 남은 인생을 자연과 가까이하며 살 수 있다는 점에서 가슴을 벅차게 했다.

상추, 토마토는 실내에서 1년 내내 수확할 수 있다. 특히 상추는 나무화하여 키우면 오랫동안 따 먹을 수 있다. 꽃대가 올라와 억세진 상추는 상춧대를 자르고 밑동에 유기질 비료를 더해 주면 새순이 돋는다고 한다. 이쯤이면 거의 마법이다. 토마토는 삽목이 가능해서 곁가지를 잘라 심으면 무한 번식시킬 수 있다. 고구마, 감자는 모종을 굳이 사지 않아도 집에서 싹을 틔워 재배할 수 있다. 오이는 '주렁주렁'이라는 품종이 나와서 실내에서도 많은 양을 수확할 수 있다고 한다. 흙, 물, 햇빛, 바람만 있으면 된다. 유기질 비료와 유기농 방충을 더하면 끝이다. 언젠가 밭이 딸린 집을 얻게 되면 고추, 배추, 마늘, 파, 부추, 양파, 생강, 과일, 들깨 등도 재배하고 벌과 닭도 키워 음식 재료의 80%를 자급자족할 생각이다.

아침에 떠오른 신박한 아이디어란, 먼 미래로 미루던 꿈을 지금으로 앞당겨 실행해 보는 것이다. 그러니까 지금부터 자급자족의 생활을 하겠다는 것. 다육이는 중고 앱을 통해 필요한 사람들에게 내보내고, 그 자리에 오이와 토마토를 추가로 심을 것이다. 고구마는 흙을 담은 검정 비닐에 심어 베란다 난간에 주렁주렁 매달아 재배해 볼 생각이다.

내가 좋아하는 하이쿠 중에 '바다는 조금 멀어도 꽃나무 사이에'라는 시가 있다. 나는 바다에 가까이 가야지 바다를 경험할 수 있다고 생각해 온 사람이다. 먼 미래에 있는 꿈이 이루어져야만 행복해질 수 있다고 생각한 것이다. 하지만 바다에 가까이 가지 않아도 지금 이 자리에 서서 꽃나무 사이에 걸린 바다를 감상할 수 있다고 이 시는 말한다. 그 풍경은 지금 이 자리에서만 볼 수 있다. 이 자리에서만 누릴 수 있는 행복이 있다. 나는 지금에만 볼 수 있는 그 풍경을 놓치지 않기로 했다.

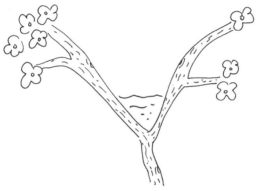

바다는 조금 멀어도

꽃나무 사이에

- 소인

# 비밀의 화원

얼마 전 자주 가는 편의점 사장님이 알려 주시길,

이 동네에 비밀의 화원이 있어요. 능곡역 바로 옆 지하 터널을 지나면 정말 멋진 곳이 펼쳐져요.

내가 사는 이곳, 삭막하다고만 생각했었는데….

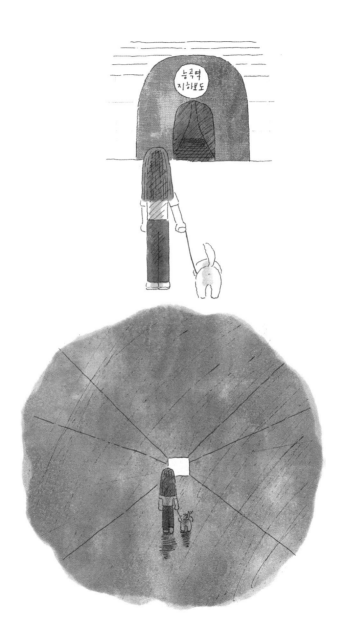

웅크리는 것들은 다 귀여워

시골의 삶을 항상 동경해 왔는데,

나는 이미 그런 곳에 살고 있었구나.

행복은 정말 생각보다 가까이에 있었네!

# 세 잎 클로버

"워메, 저런 것도 꽃이라고 저렇게 이쁘게 폈네."

엄마가 가리키는 곳을 보자 푸른 풀밭에 하얗고 작은 꽃이 촘촘히 올라와 있다. 가까이 다가가자 어릴 때 맡았던 토끼풀 꽃향기가 확 하고 퍼진다. 나는 "이게 은근히 냄새가 좋아." 하며 꽃을 꺾으려다 멈춘다.

"엄마, 이제 나이가 들어서 그런가 꽃 하나도 함부로 못 꺾겠어."

"너, 네 잎 클로버 열 개 찾는 법 알아?"

엄마는 내 말에 관심이 없고 엄마 할 말만 한다. 엄마의 말에 꽃의 아래쪽을 보니 클로버들이 한가득이다.

"몰라. 별로 안 궁금한데."

"예전에 내가 어쩌다 네 잎 클로버 하나를 찾았어. 근데 그다음에 가서 같은 곳에서 또 몇 개를 찾았어. 내가 알았지. 아, 이거 유전이구나."

"그러니깐 엄마 말은 네 잎 클로버가 하나라도 나온 곳을 집중적으로 공략하라는 거지?"

"응. 네가 치과 따라와 줬으니까 나만 아는 거기, 어딘지 알려 줄까?"

"아니, 어디서 그런 걸로 퉁치려고."

기다리던 버스가 왔다. 오늘도 택시가 잡히지 않아 번거롭게 환승하며 버스를 타고 집에 간다.

'오늘은 그래도 별일 없이 잘 다녀왔네.'

버스 뒷좌석에 엄마와 나란히 자리를 잡고 안도의 한숨을 쉬었다.

"그렇게 게을러서 '저거 어떻게 먹고 사나' 했는데 그래도 지일 찾아서 근근이 살아가는 거 보면 우스워브러."

엄마가 나에 대한 화제로 말을 이어 간다. 아마도 병원에 동행해 준 것에 대한 고맙고, 미안하고, 멋쩍은 감정을 그렇게 표현하시는 거겠지.

"나, 심지어 요즘 엄청나게 열심히 일하고 있어."

"하하하. 긍께 나는 그것이 웃어와."

빠르게 지나가는 차 창밖을 보며 그런 생각이 든다.

행복은, 행운의 네 잎 클로버를 찾는 과정에서 만나게 되는 매일의 세 잎 클로버 같은 것이 아닐까 하고.

# 어떤 순간

아무것도 아닌 일상인데,

언젠가 사무치게 그리워하게 될 것 같은 순간이 있다.

# 할머니의 봄

커플은 곧 그 자리를 떠나고,

할머니는 나와 거리가 가까워지자 나를 향해 외쳤다.

할머니는 우리에게서 멀어져 모습이 점처럼 작아졌지만,

여전히 벚꽃을 올려다보며 감탄해하고 있는 것을 알 수 있었다.

할머니, 할머니도 아름다우세요.

# 향초

작업했던 책이 출간되면
홍보를 위해 제일 먼저 지인들에게
책을 발송하고,

책값 15,000원
택배 상자 800원
택배비 4,000원
1인당 20,000원
이래서야 돈을 버는 건지
쓰는 건지.

온·오프라인에서 독자들과 만나 책에 관한 이야기를 나눈다.

서툴지만 아이들과 독후 활동도 하고,

봄, 굴다리 저 너머로

책이 어느 정도 알려지기 시작하면,

다시 새로운 책 작업에 들어가기 위해 준비한다.

향초의 나무 심지 타는 소리, 타다닥 탁탁.

한낱 작은 물건인 주제에 이렇게 열심히 존재감을 알리다니.

어쩐지 나를 닮았네. 귀여워, 풋.

# 밭이 생기다

그러다 어느 노부부가 알려 주었다.

아까 지나가며 조언을 하셨던 어르신이

비료와 거름을 들고 다시 돌아오셨다.

웅크리는 것들은 다 귀여워

애니메이션 〈늑대 아이〉가 떠오른다.

늑대 인간인 남편을 잃은 하나는 혼자서

사람들의 눈을 피해 늑대 아이 둘을 키운다.

인적이 드문 산골로 이사 간 그녀는 아이들의 정체가 사람들에게

드러날까 봐 노심초사하며 이웃과 거리를 두며 지내지만,

마을 사람들은 그런 하나에게 한결같은 따뜻한 도움을 주고,

그 도움 속에서 하나는 척박한 산골 생활에 적응하며

두 아이와 함께 자신도 건강하게 성장한다.

그건 어쩌면 나의 이야기인지도 몰라.

# 씨앗

텃밭 왼편에 여유 공간이 있어 꽃씨를 심기로 했다. 밭일할 때 꽃이 있으면 더 근사할 것 같기도 하고, 산책로에 왔다 갔다 하는 사람들과 함께 보면 좋을 것 같아서다.

꽃씨가 담긴 포장지를 뜯어 흰 종이에 넓게 펴서 세어 보니 대략 10여 종의 씨앗이 70~100개 정도 들어 있다. 1~5㎜의 크기로 각양각색이다. 머리카락을 바짝 세우고 있는 허수아비 얼굴처럼 생긴 것, 깎은 손톱처럼 생긴 것, 둥글고 갈색인 것, 둥글고 까만색인 것, 납작한 쌀겨처럼 생긴 것. 미물인 주제에 이렇게 섬세함을 갖고 각자 다르게 생기다니 귀엽다. 다시 씨앗 봉투를 살펴보니 이렇게 쓰여 있다.

'종자는 생물이므로 취급상 주의를 필요로 하며, 반품하는 일이 없도록 해 주시기 바랍니다.'

종자는 생물이라니! 암요. 암요. 이렇게 귀여운 것들을 어떻게 반품하겠습니까?

발아율을 높이기 위해서는 흙에 바로 뿌리지 말고 촉촉한 화장지에 며칠을 두어 발아시킨 후 흙으로 옮겨 심으라는 말이 생각났다. 유튜브에 찾아보니 '씨앗은 생명이 잠자고 있는 것'이라고 한다. 씨앗 안에서 생명이 태아처럼 웅크리고 있다가 수분이 들어가면 모든 조직이 스르르 잠에서 깨어 태엽 시계가 작동하듯 생명 시스템이 작동한다고 한다.

'아 사랑스러워라!'

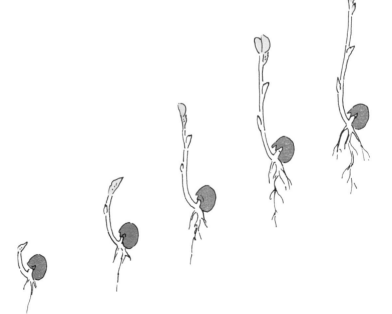

배운 대로 접시에 화장지를 깔고 물을 촉촉하게 적신 후 그 위에 씨앗을 하나씩 올린다. 그 위에 화장지 한 겹을 덮어 주고 분무기로 물을 뿌려 바람 드는 창가에 둔다. 지금 씨앗들은 하얀 이불 속에서 뒤척이고 있고 3~4일 뒤면 껍질을 깨고 나와 얼굴을 내밀 것이다. 하얀 이불을 붙잡던 흰 발가락을 흙에 내리고서, 바람에 향기를 날리며 살랑일 것이다.

# 땅


하얗고 여린 발가락 사이로 느껴지던

보드랍고 촉촉한 감촉.


어릴 적 내게 있어 땅은

주어진 곳

내가 씨앗이던 곳

값없이 주어진 양분이 감싸던 곳

물, 공기, 햇볕이 잠을 깨우던 곳


십 대의 내게 땅은

발이 시리게 춥던 곳

벗어나고 싶던 곳

벗어난 곳

그런 줄 알았던 곳


이십 대의 내게 땅은

외면한 곳

잊기로 한 곳

바람에 실려 내려다본 새로운 곳

한쪽 발을 내딛기도 전에

다른 쪽 발을 허공으로 들어야 하던 곳


삼십 대의 내게 땅은

딛고 있으면서도 딛고 있지 않은 곳

존재하면서도 존재하지 않은 곳

잊었으면서 그리운 곳

앞을 향한 채 뒤돌아본 곳

떠돌다 웅크려 앉은 곳

비로소 받아들인 곳

지금의 내게 땅은

따뜻하고

평안한 곳

자연스러운 곳

포근히 맞아 주는 곳

햇빛과 물과 공기에 감사하는 곳

내가 씨앗이었던 것을 기억하는 곳

제법 자라난 흰 발가락을 흙에 딛고 서서

바람에 살랑이며 춤추는 곳

향기를 날리는 곳

봄,
데이지꽃이 인사하던
그집

# 데이지꽃이 인사하던 그 집

김 작가님은 동네를 오갈 때 보아 오던 사람이다. 키가 크고 호남형에 노란 얼룩무늬 보더콜리를 데리고 다닌다. 윤 사장님 네 농장을 지나가다가 김 작가님과 다시 마주치게 되었다. 그의 강아지와 나의 강아지가 서로 인사하고 있는 사이 윤 사장님이 우리 두 사람을 불렀다.

"잘되었구먼, 이 사람은 수필 작가야. 여기는 그림책 작가. 서로 알아두면 좋을 거야."

사실 윤 사장님을 알게 된 것도 얼마 되지 않았다. 윤 사장님 네는 대추 농장을 운영하고 있는데 농장의 그물 울타리에는 형광 코럴색의 장미가 주렁주렁 달려 능곡역 굴다리 문지기 역할을 하고 있다. 어느 날 나는 굴다리에서 확 하고 풍겨 오는 쩔

레꽃 향기를 장미 향인 줄 알고 그 담벼락에 있는 장미에 코를 가까이에 대고 킁킁대고 있었다. 그때 윤 사장님과 인사하게 된 것이다.

김 작가님과 나는 그의 강아지 에디와 나의 강아지 송이를 밖에 묶어 두고 윤 사장님을 따라 농막으로 들어갔다. 농장 사모님이 감자떡과 말린 대추 안에 호두를 넣어 만든 고급 간식을 꺼내어 환대해 주었다. 사실 나는 그날 그 자리가 편하지만은 않았는데 원래 낯가림이 심한 데다가 한 시간 삼십 분 넘게 김 작가님을 중심으로 흘러가는 대화에 병풍처럼 껴서 앉아 있는 것이 몹시 지루했기 때문이다. 1분 간격으로 '집에 가고 싶다'는 생각을 했고 혹시나 그 간절한 바람이 내 의지와 상관없이 입 밖으로 튀어나올까 봐 열심히 감자떡을 입에 넣고 오물대고 있었다.

김 작가님은 최근 자기 집 앞 길가에 자기 땅이 아님에도 코스모스를 심었다고 했다.

"아 어떤 마음에서 그런지 알 거 같아요. 저도 그렇거든요."

나는 최근 내 밭이 있는 길가에 채송화와 샐비어를 심었다. 어쩌다 발견한 공통점에 반가움을 나타냈지만, 그는 내 얘기에는 제대로 대답도 안 하고 자기 얘기를 이어 갔다.

"최근 개간한 길가의 텃밭 있잖아요. 호박 옆에 토마토 조금 심어 놓고 그 옆에 고구마 조금 심어 놓고……. 딱 봐도 어설퍼요. 또 그 옆에는 꽃을 심어 놨어요. 소꿉장난하는 거지요. 근데 소박하고 귀여운 그 마음이 읽히는 거예요."

"그 밭 여기 앉아 있는 이 아가씨가 가꾸는 밭이야."

윤 사장님의 말에 그는 몹시 당황한 기색이었다. 그렇지만 나는 기분 나쁘지 않았다. 그의 말에서 내 밭에 대한 비아냥거림이 아닌 사랑스럽게 바라보는 마음이 느껴졌기 때문이다. 오히려 '그 마음을 읽어 낼 섬세함이 있다고? 당신에게?' 하며 조금 놀랐다.(김 작가님 죄송합니다.) 농막을 나설 때 그가 명함을 내밀며 말했다.

"마음이 예쁘고 기특해서 밭 한 편을 내어주고 싶어요. 다리 건너에 있는 민들레 농장이에요. 놀러 오세요."

나는 밤새 내 작은 텃밭과 헤어질 마음의 준비를 했다. 그것은 연인과 헤어질 때의 마음과 비슷했다.

아침이 밝자마자 텃밭으로 달려갔다. 쓰러져 있는 오이를 지주대에 묶어 준 뒤, 다리를 건너 김 작가님의 농장을 찾아갔다.

'길의 오른편에 있다고 했어.'

여긴가? 여긴가? 한참 두리번대며 앞으로 걸어가는데 '민들레 농장'이라고 쓰인 나무 푯말이 눈에 들어왔다. 그 집이다!

몇 달 전 산책을 하다 대문 앞 화단에 작은 꽃을 너무나 아기자기하게 잘 가꾸어 놔서 한참을 감탄하며 봤던 그 집.

"데이지 꽃이에요."

낯이 익은 얼굴이 수풀들 사이에서 나왔다.

김 작가님이다.

# 카멜레온

"농사도 별로 못 짓는 것 같은데 그냥 내 밭의 작물을 따먹으면 어떠세요?"

김 작가님은 내 농사를 소꿉놀이라며 농사로 쳐주지 않는다.

"저기 길가에 있는 제 밭을 보고도 그런 말씀을 하시는 거예요?"

"비가 와서 작물이 그나마 자라 주는 거지요."

그는 모른다. 내가 매일 가서 물을 주고 풀을 뜯고 일주일에 두 번 유기질 비료를 물에 녹여 웃거름한다는 사실을. 누가 뭐라 해도 내 농사는 나의 1년 치 식량을 책임질 진지한 것이다. 그럼에도 수확량을 높이는 데는 별 관심이 없고 이것저것 조금씩 심어 작물이 자라는 것을 구경하는 재미에만 빠져 있다는 점에서 내가 생각해도 소꿉놀이 같은 데가 있긴 하다.

오늘 작업하면서 산울림의 노래를 쭉 듣다가 피식 웃음이 나오는 곡을 발견했다. 카멜레온이라는 노래인데 아주 제멋대로이고 멜로디와 가사로 놀이했다는 생각이 든다.

카멜레온 (당신은 온갖 색의 카멜레온)

카멜레온 (나는 당신의 붉은빛을 사랑하오)

해 질 녘 당신 색은 푸른빛

내일이면 또 무슨 색으로

믿음의 색으로 말을 하지만

내일이면 의혹의 색으로

아이의 삐뚤빼뚤 그림 같은 노래다.

김 작가님네 밭은 6월 25일경부터 사용하기로 했는데 거기서도 지금처럼 이것 조금, 저것 조금, 누가 보아도 어설퍼 보이게, 피식 웃음이 나게, 하찮아 보이게, 소꿉놀이 같게, 산울림의 〈카멜레온〉 같게 제멋대로 밭을 가꿀 생각이다. 자유로움과 재미를 놓치지 않을 것이다.

# 하찮은 것에 대한 계획서

김 작가님이 내게 대여해 주기로 한 공간은 농장의 맨 앞 왼쪽에 있는 땅이다. 다른 공간들은 다닥다닥 붙어 있는 반면에 내가 쓰기로 한 공간은 작지만 널찍널찍하게 구분 지어져 있어 독립성을 원하는 내게 취향 저격이다. 크기는 5×1.5m. 지금은 김 작가님의 모종들이 심어져 있고 그 모종들을 다른 데로 옮기면 바로 사용할 수 있게 된다.

그러면 제일 먼저 밭의 입구에 유리 풍경을 달아 영역 표시를 할 생각이다. 유리 풍경에는 스테인드글라스 물감으로 '나뭇가지 사이로 보이는 바다'를 그리고 풍경 아래쪽에 달리는 4×10㎝ 필름 지에는 '바다는 조금 멀어도 꽃나무 사이에'라고 평소 좋아하는 소인의 시를 적는다.

밭 모퉁이에 지주대 하나를 땅에 박아 세우고 유리 풍경을 단다. 소꿉 농사라고 자꾸 무시하는 김 작가님의 두 손 두 발을 다 들게 할 것이다. 어설픈데 성의를 다 하는 것이 얼마나 귀엽고 센지 시인에게 체험하게 해 줄 테다.

밭의 가장자리엔 집에 있는 채송화 네 개에다 세 개 정도를 더 사서 가져와 심을 것이다. 80×80㎝ 정도의 공간에는 루콜라 씨를 심는다. 띄엄띄엄 양배추가 앉아 있게 한다.

밭의 가운데는 가지를 심어 태양 아래 날개를 펼친 보라색 조류 두 마리가 밭을 지키는 듯한 이미지를 연출한다. 그 사이에 아주 뜬금없이 코스모스 한두 개가 나타난다. 밭 가장자리에 있던 채송화도 한 번 더 등장한다.

'작고 작은 공간을 어떻게 이렇게 비효율적으로 사용할 수 있을까?' 하고 밭의 입구를 통과하는 사람들이 고개를 내밀어 실눈을 뜨고 보게 할 것이다. 그들 모두 '하찮은 것'의 실재를 올해 뜨거운 여름 목격하게 될 것이다.

유리 종에
스테인글라스 물감으로
그림 그린다.

평상시 좋아하던
하이쿠를 적어
풍경에 단다.

어릴 적 마당에 피어 있던
맨드라미도 심어 보면
어떨까?

바다는 조금 멀어도
꽃나무 사이에

재잘대는 루콜라

주홍, 하양, 빨강, 노랑

수시로 등장하는
채송화

띄엄띄엄 앉아
노래하는 양배추

♪

태양 아래
날개를 편
보라색 가지
두 줄기

뜬금없이 등장하는
코스모스

또르르 물방울이
굴러다니는 토란

# 소꿉 농사

　내가 가꾸는 밭을 보는 사람 중에 농사를 한 번이라도 지어
본 분들은 대개는 웃는다. 그 이유를 직접 들어 보면 딱 봐도
초보자의 농사라는 게 보이기 때문이라고 한다. 예를 들면 호
박은 자라면서 옆으로 넓게 뻗어 나가기 때문에 다른 작물과
간격을 두고 심어야 하는데 바로 옆에 고추를 촘촘히 심어 놓
는다든가, 토마토 바로 아래 잎채소 또는 고구마를 심어 놓은
것을 보면 그렇다는 것이다. 그것은 좁은 땅에 최대한 많이 심
으려는 탐욕과 농사에 대해서 하나도 모르는 무지함의 흔적이
다. 다행스럽게도 매일 찾아가 정성을 다한 덕에 작물들은 제
생명대로 잘 자라고 있다.

그런 어설픈 농사임에도 내가 얻은 바는 크다. 다양한 작물들을 조금씩 심어 보면서 무엇이 내게 더 필요한 작물인지, 좁은 땅에서 자급자족하는 데 어떤 것이 더 효율적인 작물인지 알게 되었다.

　　토마토는 자리를 많이 차지하는 반면 열매를 얻기까지 시간이 걸리고 얻는 것도 많지 않아 다음 농사에서 제외하려고 한다. 반면 고구마와 호박은 잎, 줄기, 열매 그 무엇도 버릴 게 없어서 나의 자급자족의 꿈을 실현할 수 있는 작물이라는 것을 알게 되었다. 하나하나 해 봐야 알 수 있는 것들이다.

　　세상을 그리고 나를 알아 가는 데는 시행착오하는 시간이 필요하다는 것을 소꿉 농사를 통해 배운다.

# 안녕? 지지 않고 있었어

후두두둑.

'비 온다!'

아침 일찍 일어나자마자 밀짚모자를 챙겨 밭으로 달려간다.

비 덕분에 작물이 한층 생기 있어졌지만, 잡초의 기세도 세졌다. 비가 오고 난 후에는 흙이 촉촉하여 풀을 뽑기에 딱이다. 양손을 휘날리면 한 시간 정도 걸릴 것 같다.

쪼그리고 앉아 작물에 붙어 자라는 녀석들 먼저 쑥쑥 뽑아내고 길 가까이에 난 것들을 마저 뽑는다.

그러다 앗! 이건!

마음이 쿵.

씨에서 깨어난 손톱만 한 채송화가 흙에 딱 붙어 인사한다.

"안녕? 나 여기 있었어."

한 달 전 밭을 개간했을 당시 비닐 멀칭 한 곳에는 모종을 심고 그 주변에는 씨(적겨자, 상추, 허브, 채송화)를 뿌렸었다. '살아남을 놈들은 살아남을 거야.' 하는 생각으로 흙도 제대로 덮어 주지 않고 막 뿌렸다. 처음에는 모종에 주고 난 물을 흩뿌리기 한 곳에 주기도 했는데, 집에서 생수병에 물을 담아 오다 보니 물이 부족하기도 하고 귀찮아져 신경 쓰지 않게 되었다. 그런데 그 씨 중 몇 개가 거름도 물도 없는 척박한 흙 속에서 한 달 동안 웅크리고 살아남아 있다가 가끔 내리는 비에 흙 위로 얼굴을 내민 것이다. 얼마나 기특한지 그 앞에 쪼그리고 앉아 한참을 보고 또 보았다.

10일 전쯤에는 상추와 적겨자가 먼저 깨어났었다. 그때도 부드럽고 여린 것이 품은 강한 생명력에 감탄했었다. 그 뒤로 특별히 해 주는 것 없이 오가다 종종 풀만 뽑아 주고는 했었는데 이제 적겨자는 제법 많이 자라 따 먹을 만큼이 되었다. 적겨자는 모종으로도 심었는데, 척박한 땅에서 살아남은 적겨자는 역시 그것과 다르다. 모종으로 심어져 물과 거름을 받고 자란 적겨자는 크고 부드럽고 모양이 느슨하다. 사람이 주는 응원 없이 제힘으로 살아남은 적겨자는 잎이 까끌까끌하고 크기는 작지만 야무지다. 맛이 훨씬 매워 '아 이놈, 개성이 살아 있네.'라는 느낌을 준다. 뜨거운 햇볕에 물을 주지 않아도 몸을 꼿꼿이 세워 제 목소리를 낸다.

10여 년 동안 작가로서 포기하지 않고 조금씩이나마 성장해 온 내 모습이 떠올라서일까? 나는 막 뿌려져 제힘으로 살아 낸 이놈들에게 더 애정이 간다. 영양분과 물기 없는 땅에서 살아남기 위해 있는 힘을 다해 뿌리를 내렸을 것이다. 흙 깊숙이 내린 하얀 뿌리는 자신이 자신에게 보낸 응원의 흔적이다. 그것은 잎의 생김새, 표면의 감촉, 줄기의 자세에 전해진다. 결핍은 때론 사람에게도 식물에게도 강인한 흔적을 지니게 한다.

뜨거운 여름 볕에 지지 않고 줄기가 굵어져 꽃을 피울 채송화의 꿈을, 나는 응원한다.

# 호박잎을 먹으며

지난 5월, 텃밭에 호박 모종을 심었었다. 자라면 줄기가 사방으로 퍼져 자리를 많이 차지하는 호박을 굳이 심은 이유는 호박을 좋아해서가 아니다. 어릴 적 먹었던 호박잎 쌈이 간절히 먹고 싶어서다.

두 달 사이에 호박은 장성하게 자라 사람으로 치면 30대 어른 정도가 되었다. 얼마 전에는 호박 하나, 단호박 하나가 열렸는데 길 지나가는 사람들에게 뺏길 것 같아 일찍 수확했다. 호박은 당근, 양파와 같이 볶아 호박나물을 했고 단호박은 곶감, 미나리, 양파와 밀가루 반죽을 섞어 부침개를 해 먹었다.

오늘은 사방팔방으로 뻗어 나가는 호박의 줄기를 잘라 정리해 주었는데 정리한 줄기에서 어린잎이 꽤 많이 나와 집에 가져와 데쳤다. 호박 모종을 심을 당시 호박잎 쌈을 염두에 두고 사 놓은 토종 재래 된장을 꺼내 참기름과 매실 액을 넣어 양념 된장을 만들었다. 김 작가님이 주신 마늘과 오늘 밭에서 수확한 청양고추를 썰었다. 호박잎에 갓 지은 쌀밥을 얹고 마늘, 청양고추, 재래 된장을 올리니 어릴 적 먹었던 맛 그대로다. 호박잎은 향이 진하지 않으면서도 고유의 제맛을 지니고 있다. 남은 호박잎은 김 작가님이 주신 말린 가지와 콩과 된장을 넣어 자글자글 끓여 저녁으로 먹었다.

직접 기른 식물들을 주로 먹고 있는 요즘, 나는 나 자신이 사람에게도 다른 동물에게도 해를 끼치지 않는 온순한 채식 동물이 된 것 같아 마음이 편안하다.

# 귀엽고 부지런한 흔적

편의점으로 향하는 길, 하늘을 보니 비가 곧 쏟아질 듯 울먹울먹하다. 맞은편에서 아랫집에 사는 남자가 오토바이를 타고 오고 있었는데 무척 다급해 보였다. 아랫집 남자는 집에서 100m 정도 거리에서 과일 가게를 운영하고 있는데 틈틈이 동생에게 가게를 맡기고 강아지 산책시키는 것을 보아 왔다. 그래서 직감적으로 알 수 있었다.

'비가 오기 전에 강아지 산책을 시키려고 급하게 가고 있구나.'

그러고 보니 종일 비가 내리면 송이 산책은 건너뛰어야 한다. 나도 마음이 급해져 재빨리 집으로 돌아가 송이를 데리고 나왔다.

아랫집 남자는 매번 이런 식으로 내게 자극을 준다. 그가 부지런히 강아지와 산책하는 것을 보면 송이에게 미안해져 나도 산책을 한 번이라도 더 시키게 되는 것이다.

그새 빗방울이 떨어져 아스팔트에 띄엄띄엄 빗물 자국이 생겼다. 역시나 도로 반대편에서 아랫집 남자가 강아지를 산책시키고 있었다. 나는 그와 마주치는 것이 멋쩍어서 반대편에 있는 공원으로 향했다.

송이는 비 냄새에 흥분해서 귀를 날리며 앞으로 앞으로 달렸다. 보통은 강아지를 산책시킬 때 견주와 나란히 걷도록 권장하지만 나는 따로 그 훈련을 시키지 않았다. 그 이유는 송이가 앞으로 걸어 나갈 때 목줄에 전해지는 송이의 건강한 생명력이 좋아서다.

송이는 오늘도 벤치 다리 밑이며 나무뿌리며 공원 구석구석을 킁킁대며 탐색했다. 하찮아 보이는 것들의 냄새를 뭘 그렇게 열심히 맡을까 생각하는데 비가 후두둑 쏟아지기 시작했다. 추운 날씨가 아니어서 비를 맞으며 공원을 마저 산책했다. 작은 나무들 곁을 지나자 비에 젖은 나뭇잎 풀냄새가 확 하고 안기었다.

산책을 마치고 집으로 돌아가기 위해 엘리베이터 앞에 서는데 바닥이 둥근 모양으로 젖어 있었다.

빗물에 젖은 아랫집 강아지가 엘리베이터를 기다리느라 잠깐 앉았다가 자리를 뜨면서 생긴 물 자국인 것을 알 수 있었다. 웃음이 터져 나왔다.

'귀엽고 부지런한 흔적이야.'

# 살구나무와 네 여자

글쓰기 수업을 마치고 지하철에서 내려 집으로 돌아가는 길, 텃밭에 들를까 고민하면서 걷고 있는데 앞에서 할머니 셋이 왁자지껄 떠들며 걸어가는 것이 보였다. 그들 중 빨간 티를 입은 할머니는 옆 밭에서 작물을 키우시는 분으로, 오가며 가끔 인사를 나눈 적이 있다. 아는 척을 할까 말까 고민하고 있는 사이 갑자기 그 할머니께서 멈춰 서서 앞에 있던 작은 나무를 흔들어 대기 시작했고, 나머지 두 할머니는 그 옆에서 깔깔대며 웃어 댔다. 후두두둑. 살구가 떨어졌다.

'앗! 살구나무였구나!'

예상치 못한 광경에 잠깐 어리둥절해 서 있는 사이, 옆에 있는 두 할머니가 계속 깔깔대며 후다닥 살구를 집어 들었다. 또

르르. 살구 하나가 내 발 앞으로 굴러와 나도 얼른 집어 들었다. 정작 나무를 흔들었던 할머니는 바닥을 살피다 아무것도 줍지 못한 채 눈이 동그래져 서 계셨다. 나는 주웠던 살구를 내밀었다.

"저, 여기요."

"아냐. 먹어."

할머니는 재차 됐다고 하시더니 나무를 다시 마구 흔들어 대기 시작했고 나머지 두 할머니는 또 까르르 웃어 댔다. 그런데 이번에는 살구가 하나도 떨어지지 않았고 할머니는 조금 전보다 더 눈이 동그래져서 서 있었다. 내가 다시 살구를 내밀자 할머니는 "먹어." 짧게 답하고는 아까보다도 더 세게 살구나무를 흔들어 댔다.

"하하하."

이번에는 나도 다른 두 할머니를 따라 웃었다.

후두두 두둑.

꽤 많은 살구가 떨어진 것을 보고서야 나는 안도하며 텃밭으로 가기 위해 발길을 돌렸다. 조금 가다 뒤돌아보니 나무를 흔들던 할머니는 나처럼 이 광경을 웃으며 구경하고 있던 한 여자에게 살구를 내밀고 있었다.

어두운 능곡 터널을 지나며 주황빛 살구를 앙 깨물었다. 살구 향과 함께 고향 집에 대한 기억이 떠올랐다.

개집 뒤로 노오란 열매가 촘촘히 달린 살구나무가 서 있던 우리 집.

# 어떤 남편

요즘은 아침 일곱 시, 눈을 뜨자마자 텃밭에 간다. 텃밭에서 매일 마주치는 사람이 있는데 인상이 아주 선하다. 그는 김 작가님과 함께 철도청에서 근무하던 후배로 김 작가님이 농장을 시작할 당시 농막 짓는 일에 무상으로 참여하여 많은 도움을 주었다고 한다. 지금은 농장 일부를 대여받아 밭을 가꾸고 있는데 출근 전 자전거를 타고 텃밭에 들러 그날 익은 것들을 수확해 가저다가 아내에게 준다고 한다.

그는 나처럼 나이가 있는 낯선 여자가 혼자 농장에 왔다 갔다 하는 것에 대해 불편한 시선을 보내지도 않는다. 그저 자기할 일을 하고 할 일이 끝나면 수확물이 담긴 하얀 봉지를 자전거에 싣고 조용히 집으로 향한다. 나는 내 남편도 아닌데 그 모습이 흐뭇하고 예쁘다.

　매일 아침 마주치는 사람이 그런 사람, 쌔근쌔근 숨 쉬는 식물처럼 해가 없는 존재라는 것이 참 다행스럽고 감사하다.

　요즘 아침마다 고구마 줄거리, 깻잎, 호박, 오이 등을 한 아름 따다가 엄마에게 갔다 드리고 있는데, 나도 다른 누군가에게 아침마다 마주치는 그런 기분 좋은 사람일까?

# 마을의 풍경

오후 다섯 시, 하던 일을 멈추고 송이를 데리고 텃밭으로 달려간다. 아침에 텃밭을 보고 왔지만 몇 시간 사이에 보고 싶은 마음이 여름 상추처럼 자라 있다.

횡단보도를 건너자 지하철역 바로 옆 정자에, 같은 빌라에 사는 할아버지가 앉아 있는 것이 보인다. 자주 가는 식당 사장님이 말해 주기를 그 할아버지는 할머니 밥상 차리게 하는 게 미안해서 매일 아침 식당에서 식사한다고 한다.

키가 작고 얼굴이 동글동글, 코도 동글동글, 전체적인 느낌이 동글동글한 할아버지를 길에서 마주칠 때마다 나는 '할머니 고생시키지 않으려고 밥을 사 먹는 할아버지!'라고 마음속으로 외친다. 몇 년 동안 길에서 마주쳐도 못 본 척 지나쳤지만 얼마 전부터 나는 가벼운 미소로 할아버지께 인사한다.

정자를 거쳐 능곡역 굴다리를 건너고 있자니 오토바이 한 대가 쌩하고 지나가고 그 뒤를 따라 목줄을 매지 않은 웰시코기 한 마리가 필사적으로 달린다. 집 근처 놀이터에서 자주 보는 어르신과 개다. '따라올 테면 따라와 봐.'라는 식으로 속도를 늦추지 않고 달리는 오토바이와 그런 상황에 익숙한 듯 주인의 뒤를 따르는 살찐 웰시코기의 뒷모습을 보며 소리 내어 웃고 만다.

어두운 굴다리를 지나면 굴다리를 건너기 전과는 전혀 다른 세상이 펼쳐진다. 상추, 파, 양파, 콩, 각종 작물이 심어진 작은 밭들. 그새 많이 자란 작물들을 열심히 구경하고 있는데 자전거를 타고 지나가던 교복 입은 소년이 한쪽 손을 들어 송이에게 인사한다.

"안녕."

강아지에게 굳이 손을 들어 인사하는 성의 있는 모습이란! 들었던 손을 내려 재빨리 핸들을 잡고 자전거의 균형을 잡는 모습이 아주 예뻐서 나도 모르게 아는 척을 하고 말았다.

"또 보네요?"

"안녕하세요."

얼굴이 새빨개진 소년은 자전거 페달을 빠르게 돌려 저 너머로 멀어진다. 나는 그 풋풋한 모습이 귀여워 또 혼자 깔깔댄다.

자주 지나다니는 길목에 유난히 귀여운 밭이 있는데 오늘은 할머니가 수확하고 있어서 인사했다.

"밭이 너무 예뻐요."

항상 그곳을 지나다니며 그 밭의 상추를 먹게 될 사람이 궁금했었는데 할머니와 몇 마디를 나누고서 오일장에 팔기 위해 상추를 기르신다는 것을 알게 되었다. 할머니는 갓 수확한 상추를 작은 캐리어에 싣고 타달타달 시장 쪽을 향해 걸어간다.

발걸음을 옮기던 나는 2㎝ 두께로 굵어진 보라색 줄기를 사방으로 펼친 채 두 손바닥만 한 잎을 달고 있는 가지(채소)에 시선이 머문다. 그것은 어쩐지 식물보다 조류에 더 가까운 것 같다 생각하고 있는데, 저 너머 논에서 진짜 조류인 백로들이 큰 날개를 펼쳐 장난치고 있는 것이 보인다. 그들을 구경하는 사이 어느덧 밭에 도착한다.

설레는 마음으로 어린 작물을 여기저기 살피는데 맞은편에서 어떤 여자가 손에 신발을 들고 맨발로-발바닥에 전해지는 흙의 느낌을 하나도 놓치지 않으려는 듯-천천히 걷고 있었다. 나는 텃밭의 주인이 아닌 것처럼 채소처럼 웅크리고 앉아 흙을 꾹꾹 찌르며 그녀가 내 밭을 지나며 어떤 표정을 짓는지 옆 눈으로 훔쳐보았다. 그녀는 작물을 잠깐 들여다보다 나를 의식했는지 이내 발걸음을 옮겼다.

　나는 집에 돌아가기 위해 자리를 털고 일어났다. 밭에서 몇 걸음 멀어진 거리에서 뒤를 돌아보니 아까 봤던 그녀가 내 밭 앞에 서서 구경하는 것이 보였다. 나는 흐뭇한 마음으로 길을 따라 걸으며 얼마 전 김 작가님의 농장에서 흘러나오던 노고지리의 〈찻잔〉을 찾아 틀었다. 서정적인 울림을 품은 통기타의 선율이 흘러나온다.

　　너무 진하지 않은 향기를 담고
　　진한 갈색 탁자에 다소곳이
　　말을 건네기도 어색하게
　　너는 너무도 조용히
　　지키고 있구나
　　너를 만지면 손끝이 따듯해
　　온몸에 너의 열기가 퍼져
　　소리 없는 정이 내게로 흐른다

　내게 있어 흙은 이 노래 속 '찻잔' 같은 존재. 흙의 따뜻한 기운이, 열기가 내게로 흐른다.

　장자크 상페가 그린 〈좀머 씨 이야기〉의 삽화가 생각났다.

물을 많이 탄 파스텔 톤의 수채화인데, 아름다운 풍경을 배경으로 어디론가 바쁘게 걸어가는 좀머 씨의 모습을 원경으로 보여 준다. "나 좀 제발 내버려 두란 말이오."라고 말하며 세상을 등지고 사는 좀머 씨의 모습이 인상 깊게 남아 있다.

3년 전 이곳으로 이사 왔을 때만 해도 나는 좀머 씨와 같은 사람이었는데……. 흙을 가까이하게 되면서 이제는 마을 사람들에게 내가 먼저 살갑게 인사하고 있구나.

푸르게 짙어 가는 자연을 배경으로 점처럼 작은 내가 논길을 따라 느리게 걷고 있다. 여름으로 향하는 석양이 논에 심어진 모를, 그리고 나와 송이를 주황빛으로 물들인다.

마을의 풍경이다.

여름,
자라다

# 강아지 슬리퍼

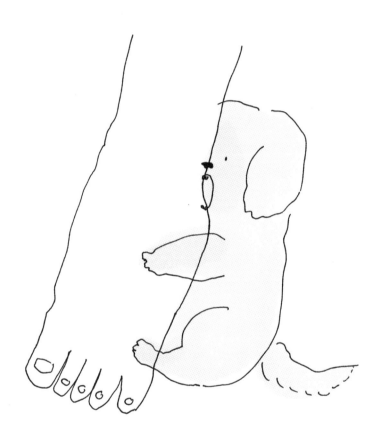

더워 죽겠는데 매일 밤 강아지 슬리퍼

# 가족의 탄생

고양이 달고가 다가와 몸을 동그랗게 웅크리고는 엉덩이를 내 쪽으로 향해서 앉는다. 엉덩이를 쳐 달라는 것이다.

"왜 자꾸 엉덩이를 내밀고 그래. 아침부터."

나는 달고가 사랑스러우면서도 괜히 핀잔을 주며 손바닥으로 달고의 엉덩이를 찰싹 친다. 달고를 견제한 강아지 송이가 타다닥 달려와 나와 달고의 사이에 끼어든다. 공평하게 송이의 엉덩이도 또 찰싹 쳐 준다.

달고는 2018년 유기묘 분양 사이트를 통해 수원에 있는 카페에서 데려온 고양이다.

8㎏의 고양이를 캐리어에 넣어 버스를 타고 지하철을 타고 서울로 향했다. 다행히 고양이는 많이 울지 않았다. 뺨을 얼얼

하게 하는 바람이 매섭게 부는 1월이었다.

며칠 후 인터넷 카페를 통해 부산의 어느 가정에서 태어난 강아지를 입양하기로 했다.

"집 탈출을 가장 잘하는 녀석으로 데려가고 싶어요."

나는 시골에서 자라면서 많은 강아지를 보아 와서 안다. 집 탈출을 잘하는 강아지가 건강하고 똑똑한 강아지라는 것을.

"그건 둘째 강아지가 최고 잘하죠."

김포공항에서 비행기를 타고 김해공항으로 가 강아지 주인을 만났다. 하얗고 손바닥만 한 강아지가 꼬리를 흔들며 나의 손을 핥았다. 강아지는 본능적으로 내가 앞으로 자기와 쭉 함께할 사람이라는 것을 아는 듯했다. 워낙 작은 강아지라 종이 캐리어에 넣어 비행기 탑승이 가능했다. 태어난 지 두 달 된 강아지와 함께 하늘을 부웅 날아 서울로 돌아왔다.

사랑을 주고받을 대상을 갈구하던 차에 그 대상이 꼭 사람일 필요는 없다고 생각하고 결정한 일이다. 고양이 이름은 어릴 적 동화에서 보았던 강아지 이름에서 따와 달고, 강아지의 이름은 '송이송이 눈꽃 송이 하얀 꽃송이' 동요 가사에서 따와 송이라 이름 지었다.

오늘 아침 문득 〈가족의 탄생〉이라는 영화가 떠올랐다. 아무 연고 없이 별안간 만나 사람들이 얽히고설켜 세월을 함께하면서 연리지 나무처럼 되어 가족이 된다는 내용이다.

대전에 어느 카페에서 살던 고양이, 부산에서 태어난 강아지, 그리고 독특한 우리 엄마와 내가 어느 날 느닷없이 만나 함께 살고 있다. 나는 남녀 관계를 중심으로 한 전통적인 가족을 간절히 꿈꿔 왔다. 연인과 헤어지면서 내 단란한 가족에 대한 꿈도 함께 사라졌다고 생각했다. 하지만 초롱초롱 기대감에 넘치는 눈으로 나를 바라보는 송이의 눈을 보고 있는 지금 이 순간, 비로소 깨닫는다.

이들이 나의 가족이구나!

가족이 탄생한 것이다.

# 달과 수박

"덕화야, 수박 좀 옮겨 줄래?"

"엄마, 나 지금 너무 힘들어. 좀 있다가 할게."

밭일하는데 모든 에너지를 소진한 나는, 수확 후 뽑혀 노랗게 시들은 감자 줄기처럼 바닥에 쓰러져 대답했다.

비몽사몽 중에 100일 글쓰기를 하고 기절하듯 잠들어 버렸다. 새벽에 깨어 화장실을 가는데 수박이 덩그러니 창가에 놓여 있다. 아직 완전한 보름달이 되지 못한 하얀 달이 초록빛의 둥근 수박을 비추었다.

'아, 수박. 냉장고에 자리가 없어 저기에 두셨구나. 힘도 없는데 결국 엄마가 옮겼네.' 생각하며 거실 책상 의자에 앉아 완전한 보름달은 아니지만, 그날 따라 예쁜 달을 한참 바라보다 다시 잠자리에 들었다.

쩌억.

아침부터 빨간 수박 향이 쪼개진다.

"생일 축하해. 생일을 잘 챙겨야 잘된다는 옛말이 있어."

요즘 치과 치료를 하느라 앞니를 뺀 엄마가 웃으며 말한다.

'생일 수박이었구나!'

엄마는 수박을 좋아한다. 오늘 내 생일이라고 엄마 자신이 가장 좋아하는 것을 내게 선물한 것이다.

냉장고 공간은 다 차 있는데 딸에게 시원한 수박은 먹이고 싶고 해서 끙끙대며 창가에 수박을 올려놓았을 엄마의 모습이 그려졌다.

어젯밤 달보다도 온전하게 둥그렇던 수박.

그것은 엄마의 마음이다.

# 점

도서관에서 아이들과 함께 내 그림책을 가지고

독후 활동을 했다.

'살아 있는 것들은 다 이상해.'

인형 키링 만들기를 했는데 아이들에게 너무 어려웠는지

수업이 마음처럼 진행되질 않았다.

아이들도, 나도, 초대해 주신 도서관 담당자도,

모두 만족스럽지 못한 수업이 그렇게 끝났다.

좌절하는 내게 새가 말했다.

웅크리는 것들은 다 귀여워

인생은 그림 그리기.

점 하나 찍고 좌절하지 않기!

풀짝

# 자기의 그릇

며칠 전, 글쓰기 수업을 같이 듣는 친구와 글쓰기 선생님을 모시고
식사를 했다.

그러다 문득,

글쓰기 선생님이 하신 말씀이 떠오른다.

웅크리는 것들은 다 귀여워

# 사부작사부작 작은 하루

매일의 일상은 너무나 사소하고 반복적이다.

하지만 가만 들여다보면

그 안에 깨알 같은 디테일과 성장이 담겨 있는 것을 알 수 있다.

그것은 마치 애벌레가 기어가는 것과 비슷하다.

애벌레는 정말 열심히 움직이는데

거의 안 움직이는 것처럼 보일 만큼 느리게 나아간다.

영차영차

하지만 잠시 시선을 떼었다 다시 바라보면

그래도 꽤 앞으로 나아가 있는 것을 볼 수 있다.

일상의 천천한 움직임과 성장을 인식하고

그 경험을 쌓아 가다 보면

마음의 근육이 길러지는 것을 발견할 수 있다.

그 근육들은 어제의 나보다 나은 나를 만들고,

오늘의 나보다 나은 내일의 나를 만들 거다.

# 여름의 연주


초록이 짙어 가는 여름 밭에 노오란 별들이 떠 있다. 호박꽃이다. 아침 일곱 시인데 벌써 일어난 벌들이 꽃 사이를 분주하게 날아다니며 일을 한다.

호박꽃은 씨방이 달린 암꽃과 달리지 않은 수꽃 두 가지로 나뉜다. 벌이 수꽃에 있는 화분을 암꽃에 옮기면 수분*이 되고, 수분된 암꽃에서 호박이 자란다. 장화를 신은 나는 마치 시냇가에 뛰어들어 돌 아래 숨은 물고기를 찾기라도 하듯 무성하게 자란 줄기와 잎 사이에 파고들어 가 잎을 들춰 가면서 호박을 찾아낸다.

*수분: 종자식물에서 수술의 화분이 암술머리에 옮겨붙는 일. 바람, 곤충, 새, 또는 사람의 손에 의해 이루어진다.

내 주먹보다 조금 큰 호박 두 개를 따 돌아서려는 순간 두 눈을 의심하지 않을 수 없었다. 지름 25㎝ 정도 크기의 맷돌호박이 떡하니 잎 사이에서 빼꼼 존재감을 드러내고 있는 것이 아닌가. 그것은 마치 '뿅' 하고 나타난 것 같았다. 나는 지나가는 사람들에게 호박을 뺏기지 않으려고 수시로 호박을 찾아내 그때그때 따 왔기 때문이다. 그런데 그런 내 레이더망을 몇 주 동안이나 피해 몸집을 키워 온 것이다. 힘을 주어 호박을 잡아당기니 '툭' 하고 가지에서 떨어진다. 잎을 만져 보니 뜨겁지도 차갑지도 않게 제 온도를 유지하고 있다. 사람은 이 뜨거운 여름 잠시라도 밖에 있으면 더워서 헉헉거리며 일을 멈추고 실내에서 해거름이 오기만을 기다리는데 녀석은 뙤약볕에 꼿꼿이 몸을 세우고 열매까지 키워 내는 것이 마냥 기특하다.

　나는 햇볕과 식물과 벌의 조화로운 연주로 빚어진 연둣빛의 작품 세 점을 들고 덩실덩실 깨춤을 추며 집으로 돌아온다.

# 여름의 음표

줄기에 달린

여름의 음표들

짚어지는 연주

# 나만 아는 한 접시

오이

1년생 덩굴 식물로 봄에 심어 가을까지 수확할 수 있다.

아침저녁으로 자란다는 말이 있을 정도로 성장하는 속도가 빠르다.

과실이 아까분다
그새 자라 있다!

적겨자

톡 쏘는 듯한 매운맛이 특징으로 쌈 채소로 이용한다.

추위를 견디는 성질이 강하고 어느 토양에서나 잘 자란다.

# 콩국 샐러드

1 두부 ½모, 아몬드 5알, 무설탕 두유 100㎖, 소금 한 꼬집을
   믹서기에 넣고 갈아 콩국을 만든다.

2 오이는 껍질을 벗기지 않고 소금으로 씻어서 통 썰기 한다.

3 상추 등 잎채소는 씻어 4등분한다.

4 바나나는 먹기 좋은 크기로 통 썰기 한다.

5 준비된 채소와 과일 위에 콩국을 뿌려 먹는다.

6 채소와 고소한 콩국이 어우러진 맛에 이어 바나나 향이 퍼진다.

# 바질

1년생 식물로 이탈리아와 프랑스 요리에 많이 사용된다.

바질 키우기에서 햇빛만큼 중요한 것은 바람이다.

# 루콜라

쌉싸름하면서도 고소한 맛이 나는 채소로 샐러드나 피자 등에
다양하게 이용된다. 햇빛을 좋아하고 비교적 빠르게 자라며
재배가 쉬운 편이다.

꽃이 피면 잎이 억세지니 꽃대를 꺾어 주라는 말이 있지만 그러기엔 꽃이 너무 예쁘다.

인위적으로 꽃을 꺾지 않으니 요즘 귀하다는 벌이 몰려온다.

덕분에 참외, 호박, 오이 등 작물의 수정이 활발하게 이루어져 열매가 주렁주렁이네.

# 루콜라 바질 페스토 피자

### 🍴 바질 페스토

1  볶은 호두 50g, 파마산 치즈 50g을 곱게 갈아 준다.
2  생마늘 3개, 레몬즙 15㎖, 소금 2g, 바질 50g, 올리브오일 100g을
   더하여 간다.
3  얼음 틀에 바질 페스토를 부어 냉동 보관한다.
4  샐러드 드레싱, 파스타나 피자 소스로 이용할 수 있다.

### 🍴 루콜라 바질 페스토 피자

1  바질 페스토 2T, 발사믹 소스 1T, 올리브유 1T, 자른 올리브를 섞어
   소스를 만든다.
2  바질 페스토를 바른 토르티야에 모차렐라를 얹은 후 굽는다.
3  구운 피자 위에 1번에서 만든 소스를 펴 바른 후 루콜라와 방울토마토를
   얹는다.

오늘도 잘 먹었습니다!

내가 알고 있는 '작물들이 자라는 느린 시간'을 씹는 것은

얼마나 큰 즐거움인가!

# 나와 시간을 보내는 비용

토요일 저녁, 홍대

양꼬치 집에서 혼술.

새우 감바스, 꿔바로우, 맥주= 37,000원

(남은 음식은 포장)

먹을 것을
앞에 두고는
주위 사람
시선 따위는
블러 처리된다.

이색 소품 가게

멕시코에서
만들었어요.

25,000원,
캐시로 2개 하면
45,000원

백화점의 1/10
가격으로 이런 멋진
원피스를 얻다니 횡재다!
하지만 두 개를 사면
후회할 거 같아.

이걸로
주세요!

홍대 경의선 앞 꽃집

나와 재미있게 논 비용- 총 80,000원

하루 지출치고 많지만 덕분에 반짝이는 것들을 얻었다.

# 하얀 원피스

당근!

모처럼 중고거래 앱에서 알람이 울렸다. 30,000원에 올려 둔 원피스를 사겠다는 사람이 나타난 것이다. 짧은 채팅이 오 간 뒤 거래가 잘 성사되어 내 계좌 번호와 함께 오늘 발송하 겠다는 문자를 보냈다. 그런데 뒤돌아 발송 준비를 하려고 원 피스를 보는 순간 그만 마음이 약해져 버렸다. 어디 가서도 30,000원 주고는 구하기 힘든, 미니멀과 유니크함을 동시에 지 니고 있는 원피스.

"저기 죄송하지만 원피스를 막상 보내려고 하니 못 보내겠 어요. 정말 죄송합니다."

결국 실례를 무릅쓰고 사정을 말한 후 해당 게시물을 내렸다.

2016년 이탈리아 남부 여행을 할 때 16만 원에 산 하얀 민소매 원피스다. 점원의 강매로 나와 어울릴지에 대해 망각한 채 샀는데, 원피스 자체는 아름다웠다. 마 소재와 꽃 수가 놓인 소재가 8㎝ 너비의 스트라이프로 번갈아 가며 교차하는 디자인이다. 그러나 한국에 돌아와 거울에 비춰 보고서 나와 어울리는 옷이 아니라는 것을 깨달았다. 살을 빼서라도 입어야지 하면서 한 번도 입지 못하고 7년이 지났다. 이번에 진짜 큰마음 먹고 중고거래 앱에 내놓았는데 거래 성사 직전에 움켜쥐는 마음이 발동한 것이다.

내가 이렇게 우유부단한 사람이었던가 하면 원래는 아니었다. 아니다 싶으면 두부 자르듯이 자르고 뒤도 안 돌아보는 사람이었다. 그런데 최근 몇 년, 헤어진 남자 친구에 대한 마음을 정리하는 것도 그렇고 물건을 쉬 못 버리는 것도 그렇고 맺음을 하지 못하고 질질 끌고 가는 것이, 나이가 들어서 그런 것일까?

하루 종일 이 민소매 원피스를 어떻게 입어야 할지 고민했다. 팔뚝 살을 빼서 입겠다는 생각은 7년 동안 해 왔으니 패스. 적당히 팔을 가려 줄 수 있는 재킷과 카디건을 모두 꺼내어 코디해 보았지만 어정쩡하다. 이걸 꼭 입고야 말겠다는 일념으로 원피스에 매치할 새로운 옷을 구매하기로 하는 데까지 이르렀다. 하지만 그마저도 마땅한 것이 없어서 그제야 '내 인연이 아니구나' 인정하고 포기하게 되었다. 하루를 꼬박 고민하고 저녁이 되어서야 아까 사겠다고 했던 사람에게 다시 문자를 보냈다.

"저기 실례지만 원피스 사실 의향이 아직 있으실까요?"

"네, 보내 주신 계좌로 돈 보낼게요."

"아까 죄송해서 택배비는 제가 부담할게요. 내일 바로 보내겠습니다."

그렇게 어렵게 어렵게 포기를 하고 보내 주게 되었다.

'아무리 좋아하는 사람, 좋은 물건이라도 내게 맞지 않으면 인연이 아니구나.'라는 배움을 이 하얀 원피스에서 얻는다. 아니, 어쩌면 그것도 인연은 인연이지. 내가 원하는 방식으로 나와 함께하지 않았을 뿐이지.

'부디 잘 어울리는 사람에게 가서 예쁘게 입혀지길 바란다.'

날이 밝았으니 이제 슬슬 보낼 준비를 해야겠다. 다림질도 하고 포장도 정성스럽게 해서 원피스를 받아 보는 분의 마음이 활짝 필 수 있게.

# 보내 주는 마음

리트리버는 결국 피아노를 팔았다. 그는 더는 그것을 사용할 일이 없어서 처분한 것이라고 했다. 하지만 나는 그가 재테크를 해야 한다는 나의 끊임없는 닦달에 돈을 조금이라도 더 모아 보려고 그런 것 같아 미안해졌다. 지금 생각해 보면 그가 그렇게 한 것은 내게 조금이라도 더 넓은 공간을 마련해 주고 싶어서였던 것 같기도 하다.

피아노가 있던 자리에 협탁이 놓이고 그 위에 조명이 올려졌다. 그 조명은 성북동 가파른 언덕 위에 있는 그의 작은 방을 따뜻하고 은은하게 채운다. 그런 그의 방은 그가 연주하던 드뷔시의 〈달빛〉과 어딘가 모르게 닮아 있다. 그는 나를 좁은 방에서 지내게 한 것에 대한 미안함에서 벗어나기라도 한 듯 한

껏 가슴을 펴며 말했다.

"나 자기한테 줄 근사한 선물이 떠올랐어. 맞춰 봐. 가로 60㎝, 세로 40㎝, 높이 20㎝야. 가지고 다닐 수는 없어."

나는 며칠간 가로 60㎝, 세로 40㎝, 높이 20㎝ 크기의 물건들을 열심히 떠올려 보았다. 인형, 내 강아지 송이를 위한 침대 계단, 쿠션, 베개……. 사실 머릿속에 떠오르는 것 중에 마음에 드는 선물은 딱히 없었다. 그의 집에도, 내 집에도 그렇게 큰 물건이 들어온다고 생각하면 조금 부담스러웠다.

금요일 저녁, 서로의 일이 끝나고 리트리버의 집으로 갔다. 현관문 앞에 커다란 택배 박스가 놓여 있었다.

"자기에게 줄 선물 왔다! 눈 감고 있어. 준비하는데 시간이 좀 걸려."

나는 방구석에서 뒤돌아 앉아 눈을 감았다. 그가 달그락거리며 바쁘게 움직이는 소리가 들렸다. 잠시 후,

"이제 뒤돌아도 돼."

고개를 돌리자 협탁 위에 아주 작은 화장대가 놓여 있었다.

"자기가 쪼그리고 앉아 화장하는 모습을 볼 때마다 마음이 쓰였어. 나중에 대치동으로 이사 가면 제대로 된 거 사 줄게."

그의 너스레에 나는 큰 웃음을 터트리고 말았다.

'내가 전신 거울 앞에 쪼그리고 앉아 화장하는 모습들을 지

켜보고 있었구나. 그걸 지켜보는 너의 마음이 그랬구나.'

수수해 보이는 화장대 안에 그의 보석 같은 마음이 숨겨져 빛나고 있었다.

나는 이제 막 입양되어 집 한 편에 작은 집을 얻게 된 강아지가 된 것 같았다. 묵직한 무게로 주인에게 안기며 털 달린 작은 꼬리를 흔드는 것만으로 사랑받을 수 있는, 그런 존재가 된 것 같았다. 그에게 한없이 신뢰가 갔고 그만큼 안도가 되었다.

리트리버와 헤어진 지 1년이 되어 간다. 오래간만에 말을 건넨 내게 그는 말했다.

"나는 나에게 맞는 삶의 방식을 찾은 것 같아. 이젠 누군가를 필요로 하지 않아. 너도 너의 해답을 찾길 바라."

나는 내가 감당하기 힘든 그의 모습들을 발견하고 덜컥 겁이 나 먼저 등을 돌렸었다. 그러면서도 그에 관련된 것들을 하나도 버리지 못했다. 물건은 물건일 뿐이라며 스스로 합리화했지만 마음속 깊이 리트리버를 다시 만날 인연으로 생각하고 있었던 것 같다. 물건에 깃든 그와의 추억에 젖어 미련을 끊어 내지 못한 채, 과거에 머물러 현재를 살아가지 못했다는 것을 깨달았다. 그런 내 모습은 마치 지레 겁을 먹어 상대에게 독침을 쏘고는 미처 그 침을 끊어 내지 못하여 내장이 밖으로 딸려 나온 채 죽어 가는 꿀벌과 같았다.

"이제는 보내 주어야 할 때인 것 같아."

그가 준 물건들을 펼쳐 놓는다. 에어팟, 등산화, 운동화, 부츠…… 그는 자기에게 쓰는 것은 아끼면서도 가족과 나에게는 가장 최고의 것을 주려고 했던 사람이다. 예쁘고 고마웠던 기억을 가슴에 새기며 하나씩 박스에 담아 필요한 곳에 보냈다. 한 장도 버리지 못했던 사진첩도, 그와의 추억을 담아 SNS에 올린 그림일기들도 차례로 삭제했다.

물건을 정리하며 얼마 전 보았던 영화 〈와일드〉의 장면들을 떠올렸다. 주인공 셰릴은 술주정뱅이에 폭력을 휘두르는 아빠 밑에서 불우한 어린 시절을 보낸다. 아빠에게서 벗어나 행복과 안정을 찾아가던 어느 날, 셰릴은 세상의 중심축과 같았던 엄마를 암으로 떠나보내게 된다. 그녀는 깊은 슬픔에 빠져 무의미한 육체적 관계, 마약에 의존해 하루하루를 버틴다.

"어쩌다 이런 쓰레기가 됐나 몰라."

셰릴은 절규한다. 원래의 자신을 되찾기 위해 극한의 길 PCT★ 하이킹을 떠나는데, 그녀의 여정은 그녀의 몸무게보다도 무거워 보이는 배낭으로 더욱 험난하게 보인다. 여행자들의 쉼터에서 만난 어떤 이는 그녀에게 짐을 줄이라고 조언한다.

★PCT: Pacific Crest Trail의 약자로 멕시코 국경에서 시작하여 미국 서부 지역까지 이어지는 트레킹 코스다.

그녀는 가방에서 필요 없는 짐들을 하나씩 덜어 낸다. 그리고 짐들을 덜어 내었듯, 길을 걷는 동안 죽은 엄마에 대한 미련과 슬픔도 토해 내고 바람에 날려 보낸다.

영화가 끝날 때쯤 그녀는 길에서 얻은 깨달음을 독백한다.

"슬픔의 황야에서 자신을 잃어버린 후에야 숲에서 빠져나오는 길을 찾아냈다. 내 인생도 모든 생처럼 신비롭고 돌이킬 수 없고 고귀하다. 진정으로 가깝고 진정으로 현재에 머물며 진정으로 내 것인 인생. 흘러가게 둔 인생은 얼마나 야성적이었던가."

한때는 소중한 인연이었으나 이제는 그 인연의 수명이 다하여 보내 주어야 하는 것들을 마음에서 놓아 보내 줄 때 비로소 우리는 셰릴이 말한 것처럼 이 귀한 인생을, 진정으로 가깝고, 진정으로 현재에 머물며, 진정으로 내 것인 인생으로 살아갈 수 있는 것이 아닐까.

가을,
물들다

# 고양이 슬리퍼

달고가 대뜸 내 발등에 올라가 앉아 콜콜댄다.

서로의 온기가 반가운 가을이 다가오고 있다.

# 가을의 맛

웅크리는 것들은 다 귀여워

달고는 송이가 묻혀 온 노랗게 익은 가을 냄새를 맡는다.

# 오랜 시간을 함께한다는 것

한밤중에 내가 송이에게 치는 장난이 있다. 나는 몹시 재미있는데 송이 입장에서는 귀찮을 수 있는 것이다.

그게 뭔가 하면, (글을 쓰고 있는 이 와중에도 나는 재미있어서 키득댄다.) 눈 감고 자는 척하면서 잠꼬대로 송이를 부르는 것이다. 이때 '송'은 알아들을 수 있게, '이'는 말끝을 흐려서 송이가 '저게 날 부르는 건가? 아닌가?' 고개를 갸우뚱 헷갈리는 게 하는 것이 포인트다. 이 장난을 몇 년째 쳐 오고 있는데 그때마다 송이는 깊이 자는 것 같다가도 '송'을 듣는 순간 귀를 움찔하면서 (나는 실눈을 뜨고 지켜보고 있다가 얼른 눈을 감는다.) 깨어나 타다닥 내 앞에 와서 앉는다. 아무리 작게 말을 해도 귀신같이 알아듣고 일어나 내 옆으로 달려온다. 그러면 나는 "소… 오… 옹…." 하면서 잠꼬대하는 척한다. 가끔 시치미를 떼며 '어 송이야 웬일이야?' 하는 식으로 살짝 안으면서 다시 잠으로 빠져드는 척하기도 한다. 이 장난으로 여태까지 모은 재미만 해도 쌀 한 포대는 되는 것 같다.

그런데 올해부터 이 장난이 슬슬 안 통하기 시작했다. 아무리 "소오옹……이"를 흘려 봐도 송이는 꿈쩍도 안 하고 그냥 잔다. 처음에는 '송' 자가 잘 안 들렸나? 점점 소리를 크게 또렷하게 내어 보았지만 송이는 그냥 계속 잠을 잔다. 달려와 봐야 별 소득이 없다는 것을 알게 된 것이다. 어쩌면 장난이라는 뉘앙스를 깨쳤는지도 모르겠다.

송이를 몇 번 부르다가 결국 약이 오른 나는 "야! 이송이 이리 와 봐." 하고 제대로 부른다. 송이는 그제야 어기적어기적 60㎝ 정도의 거리를 오면서 기지개도 켰다가 하품했다가 천천히 내 옆으로 와서 앉아 '아. 왜…… 또 그래?' 하는 표정으로 나를 본다. 그러면 나는 "야, 너 진짜… 몰라." 하면서 송이를 안고 다시 잠을 청한다.

송이의 무반응에도 굴하지 않고 이 장난을 가끔 치는데 어제도 그랬다. "소오옹…이"를 몇 번을 외쳤는지 모른다. 타다닥 다가오는 소리가 안 들려 '계속 자나?' 하고 실눈을 뜨고 보니 제자리에서 꼬리만 살짝씩 흔들고 있었다. '깨어 있었어? 그런

데도 안 와?' 씩씩대는 마음이 올라오려 했다. 그러다가 '귀찮아질 때도 됐지.' 하고 같은 장난에 익숙해져 귀찮아하는 송이의 반응이 오히려 재미있고 귀여워, 오밤중에 혼자 깔깔깔 웃다 다시 잠이 든다.

'송이야, 언니가 계속 짓궂은 장난쳐서 미안해. 앞으로는 자제해 볼게.'

# 꿀벌의 낮잠

"엄마, 이 풍경* 내가 만든 거다?"

"오메~ 난 산 건 줄 알았제."

나는 엄마 앞에서 풍경을 들고서 작품 프레젠테이션을 하기라도 하듯 풍경에 그린 그림에 대해 설명한다.

"이거는 얼마 전에 텃밭에서 본 꿀벌을 그린 거야. 우연히 호박꽃 안을 들여다봤는데 꿀벌이 꿀은 안 따고 낮잠을 자는 거 있지."

"옴마, 니가 (자고 있는) 눈을 봤냐?"

"크크. 아니 근데 진짜 가만히 잠자고 있었다니까?"

★풍경: 처마 끝에 다는 작은 종.

"환장하네. 고 쪼그마한 것이 쉬지도 않고 눈곱만 한 꿀을 따다가 벌집에다 모아 놓으면 사람들이 그걸 다 따가브러. 그러고는 설탕물을 꿀벌들한테 먹여블잖아. 그렇게 짠한 애들을 낮잠이나 잔다고 하면 되겄냐 안 되겄냐? 엄청 억울해블제."

나는 엄마 덕에 꿀벌의 입장을 알게 되어 한바탕 크게 웃는다.

요즘 엄마에게 내 그림 작업에 대해 시시콜콜한 것들까지도 얘기한다. 예를 들면 지금 하고 있는 작업의 제목과 내용이 무엇인지, 얼마의 작업비를 받는지, 캐릭터들은 어떻게 생긴 애들인지, 어떤 방식으로 작품을 홍보할 계획인지 등등. 몇 년 동안 엄마랑 살며 다툼이 잦아지자 엄마와 대화하기를 피하던 나였다. 그랬던 내가 엄마에게 나에 대해 말하기 시작한 것은 몇 달 전부터다. 당신이 고생하여 키운 딸이 어려운 시기를 견디고 전공을 살려 생계를 이어 가는 것에 대해 자랑스러워한다는 것을, 내 작업 얘기를 듣는 엄마의 초롱초롱한 눈빛에서 읽었기 때문이다. 엄마에게 그런 표정을 자주 짓게 해 주고 싶다는 생각으로 가볍게 대화를 건넸다가 큰 웃음으로 되받은 것이다.

'행복이란 내가 가진 것을 알아보고 그것을 귀히 여기는 마음을 두고 하는 말이 아닐까.'라는 생각을 한다. 근데 엄마! 그건 그렇고, 그때 그 꿀벌은 진짜 자고 있었다니까!

# 꿀 한 방울

꿀벌은 1초에 230번 날갯짓한다고 한다.

꿀 한 방울에는 꿀벌의 수백만 번의 날갯짓이 담겨 있다.

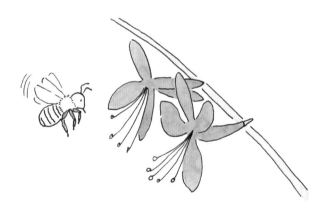

꿀벌을 보면 아빠가 생각난다.

아빠가 내게 주신 것도 그러하겠지.

그것들 안에 아빠의 계절과 수많은 날갯짓이 담겨 있겠지.

이제야 아빠의 날갯짓을 세어 본다.

아빠의 계절을 숨 쉬어 본다.

# 아빠의 정원

언니와 오랜만에 창덕궁에서 만났다.

웅크리는 것들은 다 귀여워

도시락을 먹으며 이러저러한 소식을 나누다가

아빠에 대해 얘기를 하게 되었다.

네가 고등학교 때 본 아빠는
가장 힘들어할 때의 모습이야.
내가 어릴 적 기억하는 아빠는
더 젊고 훨씬 활기찬
모습이었어.

순간 눈물이 왈칵.

식사를 마친 후, 관리실에 물어보니 멧돼지가
잡히지 않아 오늘 후원 입장은 불가라고 했다.

그렇게 걷다가 쉬다가 산책을 하는데

어? 언니야. 저 화단, 어릴 적 아빠가 가꾸던 것과 똑 닮았다!

그러네. 아빠가 화초 이름을 알려 주시곤 했었는데….

# 책장을 정리하며

요 며칠 나는 집을 대청소하고 있다. 이건 뭘까? '투쟁'에 가깝다. 옆으로 기울여져 무너지려 하는 건물을 온몸으로 막아 다시 원래대로 세워 놓는 듯한 기분이 든다. 평소 작업을 할 때면 집안일을 뒷전으로 해 버리는 '나'이기에 어느 순간 정신을 차려 보면 집 상태가 이런 '지경'이 돼 버리고 마는데 이 상태에서 겉만 치우다 보면 마치 애니메이션처럼 자꾸 물건이 기어 나와 서랍 밖으로 혀를 내밀고 있거나 바닥에 물건이 기어다니게 된다.

나는 나의 공간이 어질러져 새로운 우주가 탄생하게 되는 까닭을 나중에야 깨닫게 되었다. '물건에게 제대로 된 자리를 찾아 주지 않아서'다. 물건에게 제대로 된 자리를 찾아 준다는 것에는 필요하지 않은 물건을 집 밖으로 내보내는 것도 포함된다. 애초 물욕이 넘쳐서 값을 치러 쟁여 놓은 것이기에 그것들을 보내는 일은, 물이 흐르던 방향과 반대로 흐르는 것처럼 대단히 큰 에너지가 필요하다.

정리 컨설턴트 곤도 마리에가 알려 준 비법 '설레지 않으면 버려라'는 의류를 정리할 때는 어느 정도 도움이 되지만 도서 정리를 할 때는 효력을 잃고 언젠가 읽게 될 거라는 미련의 목소리가 커져 꺼낸 책을 다시 꽂게 된다. 그래서 청소 중 가장 힘든 것이 책장 정리인데 오늘 그 어려운 일을 해냈다.

요즘 집 정리를 하면서 느끼는 점은 내게 있어 집 청소는 '과거 내 물욕에 대한 뒤치다꺼리' 같다는 것. 한 달 전 옷 방 겸 창고를 청소할 때는 의류와 만들기 재료에 대한 욕심, 어제 거실을 청소할 때는 미술 재료에 대한 욕심, 오늘 책장 정리를 하면서는 과한 책 욕심 때문에 '쓸데없는 번거로움'을 벌었구나 하는 생각이 들어 과거의 나를 책망하였다.(내일은 책장 정리를 마저 하고 화분 욕심으로 인한 뒤치다꺼리를 할 차례다.)

그러나 한편으로 책 정리를 하느라 해가 저물어 가는 지금, 여기저기에서 수집해 온 그림책들의 먼지를 닦아 다시 꽂으며 책망 아닌 다른 목소리로 오늘 수고한 나를 다독인다.

'이것저것 사서 넘겨 보고 써 보고 그려 보고 해서 많이 성장했잖아. 한때 사랑해서 내 곁에 두었지만 지금 정리가 필요한 이것들, 어쩌면 열심히 살아온 흔적이 아닐까?'

# 포옹

충북 괴산 책 문화 축제에서 아이들과 독후 활동하는 프로그램을 맡게 되어 아침부터 길을 나섰다. 지방에서 수업하는 날이면 매번 제시간에 도착하지 못할까 봐 바짝 긴장하곤 하는데 일찍 출발한 덕에 별 탈 없이 목적지까지 두 시간 전에 도착할 수 있었다.

회색 구름이 넓게 덮인 가을 하늘 아래로 사람들이 복작대고 있었다. 나도 축제를 즐기려고 잔디밭을 중심으로 둥그렇게 둘러싸인 매대들을 둘러보는데 한 화가분이 그림을 쭉 세워 놓고 판매를 하고 계셨다. 사실 처음에는 큰 흥미를 느끼지 못하고 지나치려 했는데 가까이 가서 보니 서정적이고 내면을 진솔하게 옮겨 그린 그림이라 발걸음을 멈추게 되었다. 특히 매대

뒤편으로 잔디밭 바닥에 놓인 액자 중 두 점이 눈을 사로잡았다. 단순히 예쁜 요소를 채워 넣기를 한 그림이 아닌 그녀의 풍성한 내면(그림에서 읽힌 대로 그녀는 복작복작한 것을 좋아한다고 털어놓았다.) 이 비치는 작품이었다. 나는 그림 보는 내 안목을 믿는 관계로 아트 프린트이기는 하지만 그 두 점을 바로 샀다. 알고 보니 그 화가분의 고향은 광주로 나와 동향이었다. 우리는 금방 친해져 고향에 관한 이야기들, 화가로 살아가는 노고에 관한 이야기들을 나누었다.

수업을 마치고 나왔을 때는 비가 한두 방울 떨어지고 있었다. 우리는 다시 만날 것을 약속하며 포옹했다. 평상시에 가 보고 싶었지만 이번에도 결국 못 가 본 숲속 작은 책방의 책방지기와 포옹하고, 책방 잇다의 책방지기와도 포옹했다. 그렇게 그분들께 다정하게 대할 수 있었던 것은 수업에 앞서 책방 잇다의 박희영 대표님이 이 축제에 대해 설명하는 과정에서 내 마음이 동했기 때문이다.

괴산 책 문화 축제는 괴산 책 문화 네트워크-문화 잇다 & 정한 책방, 목도 사진관, 숲속 작은 책방, 열매 문고, 쿠쿠루쿠쿠가 지원 사업 등 타 기관의 도움 없이 자비로 주최하는 것이다. 그러니까 책을 판 돈으로 지역 주민과 문화 나눔 축제를 하는 것이다. 나의 강연비도 그들이 책 판 돈으로 주는 것이었다.

(그들이 책을 팔아서 번 돈이 얼마나 적을지 안 봐도 뻔하기에 내 마음이 '쿵' 하지 않을 수 없었다.)

터미널로 향하는 길, 천둥 번개와 함께 우박을 동반한 비가 쏟아지기 시작했다. 컨버스화가 젖어 양말이 축축해졌고, 방금 편의점에서 산 우산은 살이 빠진 채 잘 접히지 않았으며, 멋진 그림이 담긴 종이봉투는 물에 젖어 너덜너덜해졌다. (다행히 그림은 비닐에 담겨 있었다.)

하지만 마음만큼은 화창한 날 두 사람이 마주 서서 잡아당기는 흰 천처럼 창창하고 산뜻했다.

# 한 아이를 키우려면

최근 다니고 있는 이비인후과의 의사 선생님은 참 친절하다.

병원을 나서는 마음과 발걸음은 항상 가볍다.

벌써 증상이
호전된 거
같아.

그나저나 오늘은
망원시장에 들러
일주일치 식량을
좀 사 놓을까?

자주 가는 양념게장집

양념게장
이걸로 하나
주세요.

오늘도 역시
풍성한 양.
이렇게 팔아서
남는 게 있을까?

₩13000

다섯 개에 2,000원 하는 감도 사고

자주 가는 새우장집에서 열두 마리에 만 원하는 새우장도 사고

전집에서 동태전도 사고.

집으로 돌아오는 길,

문득 예전에 보았던 글귀가 떠올랐다.

한 아이를 키우려면
온 마을의 도움이
필요하다.

어쩌면 나라는 어른 아이도 친절하고 인심이 후한 이들,

남들에게 선한 영향력을 끼치는 이들,

그러니깐 온 마을의 보살핌과 도움을 받으며 자라고 있는 것은 아닐까?

'나도 누군가에게 그런 마을의 한 사람이 되고 싶다.'라는

바람을 가져 본 하루.

# 자유롭다는 것

불 피울 만큼은 바람이 낙엽을 가져다주네.

_료칸

이 시는 인근의 귀족이 절을 지어 주겠다며 오두막을 찾아왔을 때 료칸이 하이쿠로 답한 것이다. 권력자가 지어 준 절에서 부자유하게 사느니 낙엽으로 땔감을 쓸지언정 자유롭게 살겠다는 의지를 담고 있다고 한다.

지나치게 경제적인 것을 걱정하다 보면 그것이 밧줄이 되어 스스로를 옭아매고 자유를 잃어버리게 된다는 것을 경험을 통해 알고 있다.

료칸은 자기의 자유를 명성, 이익과 바꾸지 않았을 뿐 아니라 생존에 대한 걱정, 불안과도 바꾸지 않았다. 생존을 위해 필요한 것은 자연이 해결해 줄 거라고 담담하게 얘기한다. 그는 가장 중요한 것을 알았고 좋은 편을 선택했다.

자유로운 몸인 것을 잊지 않고 모험을 즐기는 삶을 살고 싶다. 연연해하지 않는 것, 그것이 모험의 시작이다.

# 비에도 지지 않고

진한 초록의 여름 산이 식탁에 고스란히 옮겨진다. 운산 스님은 자신이 차린 밥상을 두고 말한다.

"한두 가지의 식물로 차려진 밥상이지만 우주의 기운을 담고 있다고 생각해요."

TV 채널을 돌리다가 산에서 혼자 집을 짓고 사는 운산 스님이 나오는 다큐멘터리에서 손이 멈춘다.

운산, 구름 '운'에 뫼 '산'을 합쳐서 지은 이름이라고 한다. 그의 삶은 이름처럼 자연 그 자체다. 그가 새들을 위해 나무에 대롱대롱 달아 준 새집-동그란 통나무의 모양을 그대로 살린-은 디자인적으로도 감각적이다. 그가 휘파람을 불자 참새 한 마리가 나무에 앉듯 아무런 경계 없이 그의 머리에 앉는다. 어떤 새는 그의 손에 있는 먹이를 집어 가기도 한다.

그는 보통 새들을 위한 일을 하며 하루를 보내는데 그런 일과를 마치고 나면 목욕재계를 한다. 탕은 사람 한 사람이 들어갈 수 있는 너비의 노천탕으로 돌을 둥그렇게 쌓아 틈을 시멘트로 메꾸어 만든 모양이고 사람 키 높이 정도 되는 곳에 가로로 연결된 긴 대나무에서 물이 흘러 떨어지게 설계된 구조다.

목욕재계를 마친 그가 법복으로 갈아입고 구슬프게 불경을 외며 좁은 산길을 걸어간다. 한곳에 이르러 흙 위에 준비해 온 두유를 뿌려 준다. 얼마 전 굶주린 멧돼지 새끼 한 마리를 거두었는데 그 생명을 못 살리고 하늘로 떠나보낸 후 안타까운 마음이 오래 남는다고 그는 말한다. 작은 생명도 물을 손으로 옮기는 것처럼 조심스럽고 귀하게 대하는 그의 마음이 느껴져 숙연해진다. 미야자와 겐지의 〈비에도 지지 않고〉라는 시가 떠올랐다.

비에도 지지 않고 바람에도 지지 않고 눈에도
여름 더위에도 지지 않는
튼튼한 몸으로 욕심은 없이 결코 화내지 않으며 늘 조용히 웃고
하루에 현미 네 홉과 된장과 채소를 조금 먹고
모든 일에 자기 잇속을 따지지 않고 잘 보고 듣고 알고 그래

서 잊지 않고

들판 소나무 숲 그늘 아래 작은 초가집에 살고

동쪽에 아픈 아이 있으면 가서 돌보아 주고

서쪽에 지친 어머니 있으면 가서 볏단 지어 날라 주고

남쪽에 죽어 가는 사람 있으면 가서 두려워하지 말라 말하고

북쪽에 싸움이나 소송이 있으면 별거 아니니까 그만두라 말

하고

가뭄 들면 눈물 흘리고

냉해든 여름이면 허둥대며 걷고

모두에게 멍청이라고 불리는 칭찬도 받지 않고 미움도 받지

않는

그러한 사람이 나는 되고 싶다.


꽉 쥔 주먹을 서서히 스르르 풀어 자연과 닮은 삶을 살다가
흙에 가까워져 흙으로 돌아가고 싶다는 바람을 가져 본다.

# 10월의 어느 멋진 밤에

나는 원래 먹는 것을 몹시 사랑하는 사람이다. 어느 정도냐면 지인들의 말에 따르면 내가 뭔가를 먹을 때에 무척 행복한 표정과 함께 얼굴에서 빛을 뿜어 낸다고 한다. 나는 그런 말을 들을 때마다 시내산에서 내려온 모세의 얼굴에서 광채가 났던 것이 떠올라 폭소를 터트리곤 한다. 먹을 때의 행복한 정도를 떠올려 보면 나는 충분히 그러고도 남을 사람이라 생각한다. 오죽하면 고등학교 때 한 친구는 이런 말을 하기도 했다.

"안 맛있는 게 뭐냐. 너는 미각이 덜 발달했나 봐."

신기한 것은 먹는 것을 그렇게 좋아하고 많이 먹는데도 먹는 것에 비해 살이 찌지 않는다는 것이었다. 체형상 잘록한 허리는 아니지만 군살을 찾아보기 힘든 근육질 몸매였다. 그러던 내가 30대 중반을 넘어서면서 살이 서서히 붙더니 몇 년 만에 15kg이 쪘다. PT를 해도 단식을 해도, 몇 kg이 빠졌다가 다시 찌기를 반복했다. 가끔 길을 걷다 문득 쇼윈도에 비친 내 모습을 볼 때면 혼자 깜짝깜짝 놀라는 일도 생겼다.

'지나가는 아주머니인 줄 알았는데 나였네.'

안되겠다 싶어 몇 달 전부터 소식 다이어트를 하고 있다. 어중간하게 먹으면 배가 더 고프므로 하루 먹는 양을 600kcal로 제한했다. 아침으로 단백질 셰이크 100kcal와 영양제들, 점심으로 씻은 김치에 닭 가슴살 120kcal, 저녁으로는 단백질 셰이크 100kcal. 지인들은 걱정하며 말리지만 나름 매 식사를 매우 맛있게 하고 있으며 꾸준히 실행하고 있다. 인고의 노력 끝에 6kg 감량에 성공했다.

며칠 전 그날도 그날의 다이어트 목표를 달성해 가고 있었다. 저녁 시간 집으로 돌아가는 길이었는데 갑자기 배고픔이 밀려왔다. 전날 편의점에서 본 삶은 달걀이 아른거렸다. 보통은 두 개를 한 묶음으로 판매하는데 그 편의점은 한 개를 개별 포장하여 1,000원에 팔고 있었다.

'약속해, 이덕화. 두 개짜리 먹으면 안 돼. 꼭 하나 짜리 먹는 거야.'

그렇게 편의점으로 달려가 식품 코너 앞에 섰다. 귀엽게 달랑 한 개 포장된 삶은 달걀이 나를 향해 웃고 있었다. 계산 후, 창가의 테이블에 가 앉았다. 테이블 모서리에 달걀을 '탁' 하고 깨 껍질을 벗겨 한 입 앙 물었다. 반숙으로 익은 노른자의 보드라운 식감과 짭조름한 소금 맛이 혀에 닿는 순간, 온몸의 세포가 열려 달걀을 환호했다.

'미쳤다!'

태어나서 먹은 달걀 중에서 제일 맛있었다. 아니 최근 몇 년간 먹은 음식 중에서 가장 황홀했다. 다 먹고 자리에서 일어나 편의점 아주머니에게 인사를 할 때까지도 감동이 가시지 않았다.

"우리 집 아메리카노도 한번 마셔 봐요."

아주머니께서 따뜻한 아메리카노 한 잔을 내미셨다.

"아, 괜찮은데……."

예의상의 멋쩍음을 표하는 동안 머릿속에 아메리카노에 대한 계산이 빠르게 지나갔다.

'아메리카노 6kcal, 밤이니까 한두 모금 마시고 아꼈다 내일 마실 거니까 거의 0kcal.'

"그럼 감사히 잘 마시겠습니다."

흐뭇한 기분으로 아메리카노를 받아 들고 문밖을 나섰다. 겨울 냄새가 한 줌 섞인 10월의 밤바람과 뜨거운 김을 품은 아메리카노 한 모금이 나를 다시 한번 아찔하게 했다.

'아, 천국에 가면 이런 느낌이려나.'

영화 〈플립〉에서 이런 대사가 나온다.

"풍경화는 그저 풍경의 부분들만 모아 놓은 게 아니야. 소는 그 자체로 소잖아. 초원은 그 자체로 잔디와 꽃이지. 나뭇가지 사이로 비치는 햇살은 그저 빛줄기일 뿐이고. 하지만 모든 게 한데 어우러지면 마법이 되거든."

삶은 달걀은 달걀일 뿐이고, 따뜻한 아메리카노는 커피일 뿐이고, 10월의 밤바람은 그저 바람일 뿐이지만, 그것들이 시간 안에서 그날의 나와 만나 마법 같은 순간을 만들고 있었다.

# 적게 쓰고 적게 벌고

웅크리는 것들은 다 귀여워

먹는 것도, 입는 것도, 꼭 필요한 만큼만 취하고 싶다.

물건을 사려면 돈이 필요하고

돈이 있으려면 그만큼 돈을 버는 데 에너지를 쏟아야 하니까.

적게 쓰고 적게 일하며 살고 싶다.

그런데,
그렇게 절약한
시간에 뭘
하지?

석양이 나무들의 실루엣으로 숨는 장면에 감탄하는 일상을 즐기지.

# 위안

석양이 층층이 펼쳐진 구름의 가장자리에 금테를 두르고 있다. 그것은 하얗고 커다란 날개가 온 하늘을 덮고 지면을 감싸는 것처럼 보인다. 시선을 두는 내게 풍경이 말했다.

'괜찮아.'

그 아래에 노란빛으로 물든 논은 조용했다. 아토피처럼 돋아 있던 내 마음도 조용해졌다.

사실 나는 오늘의 아름다운 석양이 아니더라도 다른 어떤 사소한 것에서라도 위안을 받고 힘을 얻었을 것이다. 위안은 위안을 받는 대상 자체에 있다기보다 그것을 갈망하는 내게 있기 때문이다.

무언가에서 위안을 얻었다는 것은, 어떤 것에서든 살아갈 이유를 찾아 삶을 이어 가려는 의지의 반증이다. 그러므로 어떤 것으로부터 위안을 얻었다는 것은 자신을 기특하게 여겨야 할 일이다.

몇 주 동안 나는 무엇에 그리 쫓기어 허덕이었던가? 미래는 항상 내 앞에 있다. 미래에 대한 불안감으로 앞에 시선을 두고 살면 그것을 쫓으며 살게 되고 아이러니하게도 쫓기며 살게 된다.

'여기, 서 있어야지. 오늘 본 석양 아래에 조용히 머무르던 풍경처럼 나도 그래야지.'

- 90, 92, 93, 136, 138p 바다는 조금 멀어도 꽃나무 사이에 | 바쇼·잇사·부속 외 류시화 엮음 《백만 광년의 고독 속에서 한 줄의 시를 읽다》, 연금술사(출판사)
- 134p 〈카멜레온〉 가사 | 김창완, KOMCA 승인필
- 163p 〈찻잔〉 가사 | 김창완, KOMCA 승인필
- 254p 불 피울 만큼을 바람이 낙엽을 가져다주네. | 바쇼·잇사·부속 외 류시화 엮음 《백만 광년의 고독 속에서 한 줄의 시를 읽다》, 연금술사(출판사)
- 256-258p 비에도 지지 않고 | 미야자와 겐지, 이내 노래